Charles Simic
Die Fliege in der Suppe

Aus dem Amerikanischen von
Rudolf von Bitter

Carl Hanser Verlag

Teile dieses Buches sind den folgenden Bänden entnommen:
Wonderful Words, Silent Truth. Essays on Poetry and a Memoir
Poets on Poetry. The University of Michigan Press,
Ann Arbor 1990
The Unemployed Fortune-Teller. Essays and Memoirs
Poets on Poetry. The University of Michigan Press,
Ann Arbor 1994

1 2 3 99 98 97

ISBN 3-446-18956-4

Satz: Satz für Satz. Barbara Amann, Leutkirch
Druck und Bindung: Franz Spiegel Buch GmbH, Ulm
Printed in Germany

Die Fliege in der Suppe

I

Ich habe ein Foto von meinem Vater im Smoking mit einem Ferkel unter dem Arm. Er steht auf einer Bühne. Zwei dunkeläugige Schönheiten in ausgeschnittenen Kleidern stehen neben ihm und kichern. Auch er lacht. Das Schwein hat das Maul offen, aber es sieht nicht so aus, als lachte es.

Es war Silvesterabend 1926. Sie waren in einer Art Nachtbar. Um Mitternacht wurden die Lichter ausgedreht, und das Schwein wurde losgelassen. Im darauf folgenden Tumult fing mein Vater das quiekende Tier. Nun gehörte es ihm. Nach den Verbeugungen erhielt er vom Kellner ein Seil und befestigte das Schwein am Tischbein.

Er und die Mädchen besuchten in der Nacht noch verschiedene andere Lokale. Das Schwein folgte ihnen am Seil. Sie gaben ihm Champagner zu trinken und setzten ihm einen bunten Papierhut auf. »Armes Schwein«, meinte mein Vater Jahre später.

Im Morgengrauen waren sie allein, das Schwein und mein Vater, und tranken in einer schäbigen Kneipe beim Bahnhof. Am Nachbartisch traute ein betrunkener Priester ein junges Paar. Er formte mit Messer und Gabel das Kreuz für den Segen der Neuvermählten. Mein Vater gab ihnen das Schwein als Hochzeitsgeschenk. Armes Schwein.

Damit ist die Geschichte aber noch nicht zu Ende. 1948, als mein Vater schon auf dem Weg nach Amerika war und wir in Belgrad hungerten, tauschten wir unsere Besitztümer gegen Lebensmittel. Man konnte für ein Paar guter Herrenschuhe ein Huhn bekommen. Unsere Uhren, Silbersachen, Kristallvasen und das Chinaporzellan wurden eingetauscht in Speck, Schmalz, Wurst und derlei Dinge. Einmal wollte ein alter Zigeuner den Zylinder meines Vaters haben. Er paßte ihm noch nicht einmal. Mit dem Hut bis über die Augen sah er aus wie eine Ente.

Ein paar Wochen später kam sein Bruder zu uns. Er wirkte wohlhabend. Goldene Schneidezähne, zwei Armbanduhren, an jeder Hand eine. Der andere Bruder hatte anscheinend den Smoking bemerkt, den wir hatten. Das war korrekt. Wir ließen diese Leute durch die Zimmer gehen und die Ware durchsehen. Sie benahmen sich wie zu Hause, öffneten Schubladen und schauten in Schränke. Sie wußten, daß wir nichts dagegen sagen würden. Wir waren sehr hungrig.

Jedenfalls holte meine Mutter den Smoking von 1926 heraus. Wir konnten sehen, wie sich der Mann sofort in ihn verliebte. Er bot uns erst ein, dann zwei Hühner dafür an. Aus irgendeinem Grund wurde meine Mutter hartnäckig. Die Ferien standen bevor. Sie wollte ein Ferkel. Der Zigeuner wurde wütend oder tat so. Ein Schwein war zuviel. Meine Mutter gab aber nicht nach. Wenn sie sich etwas in den Kopf setzte, konnte sie wirklich feilschen. Jahre später konnte ich in Dover, New

Hampshire, beobachten, wie sie einen Möbelhändler um den Verstand brachte. Er ließ uns die Couch für umsonst, um bloß in Ruhe gelassen zu werden.

Der Zigeuner war beharrlicher. Er ging hinaus. Ein paar Tage später kam er wieder, um noch einmal zu sehen. Er stand da und betrachtete den Smoking, den meine Mutter inzwischen abgebürstet hatte. Er schaute und wir schauten. Schließlich stieß er einen lauten Seufzer aus wie ein Mann, der eine schwerwiegende und unwiderrufbare Entscheidung fällt. Am nächsten Tag bekamen wir das Schwein. Es war lebendig und sah genau so aus wie das auf dem Foto.

II

Am Anfang ... das Radio. Es steht auf dem Tisch neben meinem Bett. Es hat eine Skalenscheibe, hinter der ein Licht aufleuchtet. Die Namen der Sender werden durch das Licht sichtbar. Ich kann noch nicht lesen, aber ich kann andere dazu bringen, sie mir vorzulesen. Oslo, Lissabon, Moskau, Berlin, Budapest, Monte Carlo und noch viele mehr. Man dreht den roten Pfeil über einen Namen, und schon bricht eine fremde Sprache und eine ungewohnte Musik hervor. Um zehn Uhr stellen die Sender den Betrieb ein. Es ist Krieg. Es ist das Jahr 1943.

Ich verbrachte die Nächte meiner Kindheit in Gesellschaft dieses Radios. Ich schreibe meine lebenslange Schlaflosigkeit seinen Versuchungen zu. Ich konnte meine Hände nicht davon lassen. Sogar nachdem die Sender verstummten, drehte ich weiter am Suchknopf und untersuchte die verschiedenen Geräusche. Einmal hörte ich Morsezeichen fiepen. Spione, dachte ich. Manchmal erwischte ich einen weit entfernten Sender, der so schwach war, daß ich die Lautstärke voll aufdrehen und mein Ohr an den groben Rupfen drücken mußte, mit dem der Lautsprecher überdeckt war. Irgendwo wurde Tanzmusik gespielt, oder die Sprache war so anziehend, daß ich lange zuhörte mit dem Gefühl, beinah zu verstehen.

Dies war alles streng verboten. Ich sollte schlafen. Wenn ich so darüber nachdenke … ich muß wohl Angst gehabt haben, allein in dem großen Zimmer zu sein. Es war Krieg. Das Land war besetzt. Nachts geschahen schreckliche Dinge. Es herrschte Ausgangssperre. Jemand kam zu spät. Jemand anders ging im Nachbarzimmer auf und ab. Schwarze Papiervorhänge hingen vor den Fenstern. Es war gefährlich, auch nur zwischen ihnen hindurch auf die Straßen zu spähen – auf die dunkle und leere Straße.

Ich sehe mich auf Zehenspitzen, eine Hand am Vorhang, wie ich schauen will, aber Angst habe wegen des Lichts, das die Radioröhren durch die Löcher im rückwärtigen Deckel auf die Schlafzimmerwand werfen. Mein Vater kommt zu spät, und draußen die Dächer sind mit Schnee überdeckt.

Die Deutschen bombardierten Belgrad im April 1941, als ich drei Jahre alt war. Das Haus gegenüber wurde getroffen und zerstört. Ich erinnere nichts von dieser Bombe, auch wenn mir später erzählt wurde, daß ich aus meinem Bett und durch das Zimmer geworfen wurde, als sie einschlug. Am nächsten Tag verließen wir zu Fuß die Stadt. Ich erinnere mich an eine schöne Wiese, große Wolken über uns, und dann plötzlich ein sehr tief fliegendes Flugzeug.

Sprangen wir in einen Graben am Bahngleis, oder war das ein anderes Mal? Wie viele von uns waren dabei? Ich erinnere meine Mutter, aber nicht meinen Vater. Es waren auch Leute dabei, die ich nicht kannte. Ich sehe ihre gebeugten Rücken, sehe sie mit ihren Bündeln laufen, aber keine Gesichter... Mein Film reißt immer wieder. Hier und da ein Bild, aber nicht viel im Zusammenhang. Und die Beleuchtung ist spärlich. Ich muß meine Augen mit dem Nachlassen des Lichts anstrengen.

War die Welt damals wirklich so grau? In meinen frühen Erinnerungen ist es beinah Spätherbst. Die Soldaten sind grau, und die Leute sind es auch.

Die Deutschen stehen an der Straßenecke. Wir gehen vorbei. »Schau nicht hin«, flüstert meine Mutter. Ich sehe trotzdem hin, und einer von ihnen lächelt. Aus irgendeinem Grund macht mir das angst.

Eines Nachts kam die Gestapo, um meinen Vater festzunehmen. Dieses Mal schlief ich und erwachte plötzlich von dem hellen Licht. Sie durchsuchten alles und machten viel Lärm. Mein Vater war bereits angezogen. Er sagte etwas, wahrscheinlich riß er einen Witz. Das war seine Art. Egal, wie unangenehm seine Lage war, er fand etwas Lustiges zu sagen. Jahre später, umgeben von Ärzten und Schwestern, nachdem er einen schweren Herzinfarkt gehabt hatte, antwortete er auf ihr »Wie geht es Ihnen« mit einer Bitte um eine Pizza mit Bier. Die Ärzte dachten, er habe einen Hirnschaden erlitten. Ich mußte ihnen sagen, daß das für ihn normales Verhalten war.

Ich nehme an, ich schlief wieder ein, nachdem sie ihn abgeholt hatten. Jedenfalls passierte in dieser Zeit nicht viel. Er wurde entlassen. Es war nicht seine Schuld, daß sein jüngerer Bruder einen deutschen Armeelaster gestohlen hatte, um mit seiner Freundin eine Spritztour zu unternehmen. Er wurde nicht einmal erschossen –

sein Bruder! Die Deutschen waren verwundert, fast belustigt über seine Blödheit. Sie schickten ihn zum Arbeiten nach Deutschland. Das heißt, sie machten den Versuch, aber er entwischte ihnen unter den Fingern.

In der Zwischenzeit spielten meine Freunde und ich Krieg. Alle Kinder spielten Krieg. Wir machten Gefangene. Wir fielen tot um. Wir schossen viel mit dem Maschinengewehr. Rat-tat-tat! Wie liebten wir den Klang der Maschinengewehre.

Diese Art zu spielen machte die Erwachsenen verrückt. Es gab schon so viel richtiges Schießen in der Welt, und jetzt diese Kinder mit ihren Phantasiegewehren! Es brauchte nicht viel, um sie aus der Fassung zu bringen. Sie schauten so sorgenvoll, und dann auf einmal – paff! Da sah man eine Frau mitten auf der Straße anhalten und ihr Kind ohrfeigen, scheinbar völlig grundlos, und jeder sah zu.

Man konnte es ihnen nicht vorwerfen, wirklich nicht. Ich hatte zum Beispiel einen Freund, der eine Fliegeralarmsirene perfekt nachahmen konnte. Jedesmal, wenn ihn seine Eltern allein zu Hause ließen, stand er auf ihrem Balkon im sechsten Stock und heulte. Passanten drohten ihm zuerst und baten ihn dann aufzuhören. Er tat es nicht. Statt dessen wurde er noch lauter und steigerte sich hinein. Wir fanden das alles sehr spaßig.

Das Haus, in dem wir wohnten, war mitten im Stadtzentrum in einer schmalen Seitenstraße in der Nähe von Parlament und Hauptpostamt. Eine gefährliche Wohngegend. Das merkten wir im Frühjahr 1944, als die Engländer und Amerikaner anfingen, Belgrad zu bombardieren.

Es war Ostersonntag (ein schöner Tag für einen Bombenangriff). Der Eßzimmertisch war bereits mit unserem besten chinesischen Porzellan festlich gedeckt, als die Flieger kamen. Wir konnten sie hören. Die Fenster waren offen, weil es ein so schöner Frühlingstag war.

»Die Amerikaner werfen Ostereier«, sagte mein Vater. Dann fing es an zu donnern. Wir rannten in den Keller. Das Haus bebte. Leute drängten sich auf dem Boden. Man konnte oben Glas bersten hören. Ein Kind lief zur Treppe, um zu gucken. Seine Mutter brüllte.

Dann war alles vorbei. Wir krochen hinaus. Die Straße war dunkel. Der gesamte Staub der Stadt war in die Luft gestiegen. Ein Mann, der von abgefallenem Putz bedeckt war, kam vorbei und sagte jedem, daß ein bestimmtes Nachbarviertel dem Erdboden gleichgemacht war. Das war überraschend. Es war eins der ärmsten Viertel der Stadt. Dort waren keine Deutschen.

Am nächsten Tag kamen die Alliierten wieder, und es war dasselbe. Nie trafen sie etwas, das von militärischer Bedeutung war. Eine Bombe landete bei uns auf dem Bürgersteig. Sie explodierte nicht. Meine Mutter war dafür, sofort wegzugehen; mein Vater war für Bleiben. Sie setzte sich durch.

Die Ausfallstraßen waren voller Flüchtlinge. Die Flugzeuge kamen immer wieder. Wir begrüßten, daß die Amerikaner und Engländer die Deutschen bombardierten. Nie hörte ich jemanden sich beschweren. Sie waren unsere Verbündeten. Wir mochten sie. Aber bei ihrer erbärmlichen Treffsicherheit war es gefährlich, in der Stadt zu bleiben.

Mein Großvater hatte ein Sommerhaus nicht weit von Belgrad. Als wir dort ankamen, war die Familie von seiten meines Vaters schon versammelt. Sie zankten die ganze Zeit. Außer der deutschen Besetzung herrschte in Jugoslawien ein Bürgerkrieg. Es gab mindestens ein halbes Dutzend Parteien von Royalisten, Kommunisten, Faschisten und verschiedenen anderen Kollaborateuren, die sich alle gegenseitig totschlugen. Unsere Familie war heftig entzweit in Royalisten und Kommunisten. Mein Großvater blieb neutral. Für ihn waren sie alle gleich.

Was meine Mutter angeht, so sagte sie nichts. Sie mochte die Familie meines Vaters nicht. Sie stammte aus einer alten mittelständischen Familie, während jene Fabrikarbeiter waren. Sie wurde in Paris erzogen, während jene herumsaßen und sich in Kneipen betranken. So sah sie das. Es ist erstaunlich, daß sie und mein Vater je zueinander fanden. Mein Vater war zur Universität gegangen und war jetzt ein erfolgreicher Ingenieur, aber er hatte eine ähnlich geringe Meinung von der Welt meiner Mutter.

Es dauerte nicht lange, bis er uns verließ. Eines Morgens früh begleiteten ihn meine Mutter und ich zu dem kleinen und überfüllten Bahnhof. An der Art, wie er uns ansah und wie er mich an sich drückte, merkte ich, daß dies keine gewöhnliche Reise war. Mir wurde nichts gesagt. Zehn Jahre sollten vergehen, bis ich ihn wiedersah. Leute fragten: »Wo ist dein Vater?«, und ich konnte es ihnen nicht sagen. Alles, was meine Mutter an dem Tag wußte, war, daß er versuchte, nach Italien zu kommen, aber für lange Zeit gab es keine Nachricht von ihm.

Wir blieben bei meinen Großeltern. Der Sommer kam. Die Bombardements auf Belgrad wurden fortgesetzt. Unser Haus stand auf einem Hügel oberhalb der

Sava und bot eine hervorragende Aussicht in die Richtung. Unter einem Schwarm hoch fliegender Bomber aßen wir Wassermelone. Während wir aßen, fielen Bomben auf Belgrad. Wir sahen zu, wie in der Ferne Rauchsäulen aufstiegen. Uns war heiß in dem Garten, und wir fragten, ob wir uns die Hemden ausziehen dürften. Die Wassermelone machte ein reifes, knackendes Geräusch, als meine Mutter sie mit einem langen Messer aufschnitt. Wir hörten auch etwas, das wir für Donner hielten, doch als wir in die Höhe blickten, war der Himmel wolkenlos und blau. Mein Großmutter bekreuzigte sich immer wieder. Die Hunde waren unruhig.

Der Garten war zugewachsen mit Sonnenblumen und Gräsern. Ich versteckte mich darin, nur daß es dort und in dem Steinhaufen unter meinem Fenster Klapperschlangen gab. Ich saß auf den Stufen und sprach zu ihnen, und sie zischten zurück. Einmal warf ich nach einer mit einem Stein, verfehlte sie und bekam Angst, sie würde am Abend kommen und mich in meinem Bett aufsuchen.

Ich schlief nackt und lief nackt herum. Es war so heiß. Der Fluß war nah, aber wir gingen nur unsere Füße eintauchen. Es schwammen Leichen darin. Alle paar Tage fischten sie eine heraus. Manchen Leuten machte das nichts. An einem Abend sah ich ein paar junge Frauen in Slips unter den Weiden planschen, aber als ich näher kam, um besser sehen zu können, bemerkte ich bewaffnete Männer, die im Schatten saßen und rauchten. Ihre Liebhaber, vermutete ich.

In dieser Zeit war ich aus irgendwelchen Gründen allein. Zumeist war mir verboten herumzulaufen. Die Welt war voller schlechter Menschen. Ein Junge meines Alters, der um die Ecke wohnte, wurde von einem

Mann angefallen, der ihn unaufhörlich in den Nacken biß. Es geschah am hellichten Tag, als er vor seinem Haus stand.

Endlose Tage lang tat ich nichts, als in meinem Zimmer bleiben und spielen. Ich erinnere mich, auf dem Boden Auge in Auge mit einem meiner Spielzeugsoldaten zu liegen oder Fliegen zuzusehen, die die Decke entlangspazieren. Abgesehen von diesen zusammenhanglosen Bildern habe ich keine Vorstellung, was ich dachte, was ich fühlte.

»Die schneiden einem in Peras Maisfeld den Hals ab«, stürzte meine junge Tante schreiend ins Haus. »Darf ich gucken gehen?« sagte ich angeblich zu meiner Mutter, worauf meine Tante zu kreischen anfing und nicht aufhörte, bis sie zur Beruhigung Ohrfeigen bekam.

Ich erinnere den Vorfall nicht genau, aber ich sehe noch den reifen Mais hinter dem Haus meines Großvaters. Manchmal sah ich darüber Krähen schwärmen, doch meistens war der Himmel blau. Nach diesem Tag ließen sie mich jedenfalls nicht mehr an dies Fenster, vor das jetzt die schweren Vorhänge gezogen waren, als sei Winter.

Eines Nachts flog in ein paar Kilometern Entfernung eine Munitionsfabrik in die Luft. Wieder warf es mich aus dem Bett. Das Zimmer war hell erleuchtet. Nacht war Tag geworden. Bis zur Dämmerung waren wir wach und beobachteten den feurigen Himmel. Am Morgen gab es eine große Truppenbewegung. Sie schwärmten aus und beschlagnahmten die wenigen Haustiere, die es noch gab. Danach konnte man nirgends mehr ein Huhn gackern, einen Hahn krähen hören.

Die Kämpfe nahmen zu. Die russische Armee war in Südrumänien und stieß an der Donau nach Belgrad vor. Hier und da beglichen die verschiedenen politischen und Partisanen-Gruppen ihre Rechnungen. Es gab viel wahlloses Töten. Als ich in der Nähe unseres Hauses im Straßengraben Leichen fand, durfte ich nicht mehr aus dem Haus. Unsere Nachbarn wurden in ihrem Haus exekutiert. Die Leute von gegenüber verschwanden einfach. Uns passierte nichts. Meine Mutter war hochschwanger und wankte durch die Gegend. Sie war unpolitisch und mein Großvater ebenfalls. Das ist natürlich keine Erklärung. Wir hatten bloß Glück, meine ich.

Es herrschte allgemein Erleichterung, als die Russen schließlich kamen. Jetzt kämpften wenigstens nur noch zwei Seiten. Die Deutschen hatten sich über den Fluß von uns zurückgezogen. Man konnte sehen, wie sie zu Werke gingen und Artillerie in Stellung brachten. Die Russen hatten ihre Gewehre genau oberhalb von unserem Haus. Es war klar, daß wir mittendrin sein würden, wenn beide Seiten zu schießen anfingen.

Schwanger, wie sie war, beschloß meine Mutter, zu einem Dorf weiter oben hinter dem Hügel zu fliehen, wo wir Leute kannten. Meine Großeltern zogen sich in den Keller zurück.

Es war Mitte Oktober 1944. Die Straße zum Dorf war verlassen und ebenso das Haus unseres Freundes, wo wir nur eine sehr alte Frau antrafen, die uns Ziegenmilch gab. Den ganzen Tag lang saßen wir in der Küche mit dieser schweigenden alten Frau und warteten, daß die Leute zurückkämen. Ich erinnere das Frösteln, das graue Licht in den Fenstern und wie mich meine Mutter ständig anhielt, still zu sein.

Gegen Einbruch der Dämmerung hörten wir Schritte. Ein wild um sich blickender Mann mit Blut im Gesicht sagte uns, ohne überhaupt anzuhalten, daß die Deutschen hier entlang kämen und jeden töteten, der sich blicken lasse. Es gab nichts anderes zu tun, als zurückzulaufen zum Haus des Großvaters. Die alte Frau blieb zurück. Wir waren wieder auf der verlassenen, von Pappeln gesäumten Straße. Es war so still, daß wir unsere schnellen Schritte hören konnten. Plötzlich fielen Schüsse. Eine Kugel pfiff vorbei. Meine Mutter riß mich zu Boden und warf sich über mich. Dann war es wieder still. Nur unser Herzklopfen. Keine Schüsse mehr.

Nach einer langen, langen Zeit hoben wir die Köpfe. Es hatte aufgeklart. Der Himmel war wolkenlos. Die ersten paar Abendsterne waren an ihren Plätzen. Wir erhoben uns langsam und standen eine Weile im tiefen Schatten der Bäume. Dann nahmen wir unseren Weg im Schutz der Dunkelheit wieder auf. Als wir zurückkehrten, saß mein Großvater am Tisch, hob das Glas mit einem russischen Offizier und grinste uns an.

Meine Kriegsabenteuer fingen erst richtig an, als die Russen Belgrad befreiten. Wir waren durch kämpfende und feiernde Massen zu unserer Wohnung zurückgekehrt, weil meine Mutter in der Nähe ihres Arztes sein wollte. Gleich am nächsten Tag brachte sie es zuwege, im Erdgeschoß einer Privatklinik ein Feldbett zu bekommen, um das Ende ihrer Schwangerschaft abzuwarten. Es ergab sich, daß sie dort einen Monat blieb. Ich wurde der Fürsorge einer der Tanten meiner Mutter anvertraut, die einzige Verwandte, die wir noch in der Stadt hatten.

Nana war das schwarze Schaf der Familie. Es wurde

über sie geflüstert, daß sie ihren alten Mann betrogen hatte, daß sie sein Geld verschleuderte und ungepflegt sprach. Das mochte ich an ihr. Diese elegante, gutaussehende Frau benutzte oft und schamlos Kraftausdrücke.

Ich habe keine Ahnung, wo Nanas Mann war oder warum sie noch in der Stadt war. Ich habe den Verdacht, daß sie ihre ganz persönlichen Gründe dafür hatte. Es war der zweite Tag der Befreiung, und in unserer Nachbarschaft hielten sich noch Deutsche versteckt und kämpften. Zu meiner Überraschung erlaubte sie mir, allein auf die Straße zu gehen. Es waren dort natürlich auch noch andere Kinder, aber es war trotzdem erstaunlich. Oft kam ich nach Hause und traf niemanden an. Später sah ich sie nach Hause kommen, schön angezogen, mit Handschuhen und hohen Absätzen, auf dem Bürgersteig, der übersät mit Glas und Mauerbrocken war. Sie freute sich, mich zu sehen, und hatte etwas Besonderes für mich zu essen, eine Delikatesse, von der ich nie gehört hatte, zum Beispiel mit Nüssen gefüllte Schokolade oder Räucherwurst.

Merkwürdig genug, daß sie nachts nie ausging. Ich habe keine Erinnerung an das, was wir abends machten. Unser Haus war so gut wie verlassen. Die meisten Lichter waren aus. Es gab nichts zu tun, außer viel zu schlafen. Eines Morgens, als ich früh aufwachte, sah ich, wie meine Tante ihre Brüste in einem Kübel kalten Wassers wusch. Sie merkte, daß ich ihr zusah, und wandte sich ab. Sie brach in Gelächter aus und vollführte ein paar Tanzschritte, nackt, wie sie war.

Ich war glücklich. Meine Freunde und ich hatten massig zu tun und viel Zeit, den Tag herumzubringen. Es gab keine Schule, und unsere Eltern waren entweder nicht da oder beschäftigt. Wir stromerten durch die Nachbarschaft, kletterten über Ruinen und sahen den Russen und unseren Partisanen bei der Arbeit zu. An einigen Stellen gab es noch deutsche Heckenschützen. Wir hörten Schüsse und liefen davon. Es lag viel militärische Ausrüstung herum. Die Gewehre waren weg, aber es gab anderes Zeug. Ich nahm mir einen deutschen Helm.

Das wurde zu einer berühmten Geschichte in unserer Familie. Ich erinnere die Winterabende unmittelbar nach Kriegsende, als sich alle um den Ofen drängten und redeten und sich bis spät in die Nacht Gedanken machten. Unvermeidlich würde früher oder später einer auf meinen verlausten deutschen Helm kommen. Sie fanden das das Lustigste, was sie je gehört hatten. Alten Leuten kamen vor Lachen die Tränen. Ein Kind, das dumm genug war, mit einem deutschen Helm voller Läuse herumzulaufen. Die krabbelten über und über darauf herum. Ein Blinder konnte sie sehen!

Ich saß wortlos dabei und tat, als sei ich genauso amüsiert, nickte dazu und dachte mir, was für ein Haufen von Schwachköpfen! Alle miteinander! Sie hatten keine Ahnung, wie ich an den Helm gekommen war, und mir war auch nicht danach, es ihnen zu erzählen.

In den ersten Tagen nach Belgrads Befreiung war ich mit ein paar Freunden oben auf dem alten Friedhof, um herumzuschnüffeln. Wir streunten herum. Dann, mit einem Mal, sah ich sie! Deutsche Soldaten, offenbar tot, am Boden liegend. Wir kamen näher, um besser zu sehen. Sie hatten keine Waffen mehr. Ihre Stiefel waren weg, aber es war da noch ein Helm neben einem von ihnen. Ich weiß nicht mehr, was die anderen genommen haben, aber ich wollte den Helm. Ich bewegte mich auf

Zehenspitzen, wie um den Toten nicht zu wecken, und sah ihn nicht an. Ich habe sein Gesicht nie gesehen, auch wenn ich manchmal meinte, es gesehen zu haben. Alles andere von diesem Augenblick ist mir noch immer äußerst klar vor Augen.

Das ist die Geschichte von dem verlausten Helm.

An einem Tag saß ich mit einem Freund vor unserem Haus, als eine Kolonne deutscher Gefangener unter Aufsicht weiblicher Soldaten vorbeikam. »Kommt, Jungs, laßt uns ein paar Deutsche erschießen«, sagte eine fröhlich. Nun, das ging ein bißchen zu weit. Wir sagten nichts. Ich glaube nicht, daß wir ihnen direkt antworteten. Man lernte schnell, vorsichtig und achtsam zu sein. Niemals unverlangt Auskunft geben, seinen Mund halten – so in dieser Art. Wir gingen ihnen bis an die Ecke hinterher und kehrten dann wieder um. Ich erinnere einen großen, blonden Deutschen, gerade wie ein Besenstiel. Die anderen sahen dagegen bucklig aus.

Später gingen wir doch hin. In der Nähe war ein alter Friedhof mit einer riesigen Kirche und dahinter der Kirmesplatz, wo sie, vermutlich, deutsche Gefangene erschossen. Wir trafen unterwegs eine Bande Kinder, die behaupteten, sie seien vom Zirkus. Das stimmte. In den ersten Kriegsjahren hatte auf dem Kirmesplatz ein Zirkuszelt gestanden, aber jetzt waren nur noch ein paar Wohnwagen an seinem Rand. Die Kinder sahen eigenartig aus. Sie trugen die ungewohntesten Kleider – nicht zusammenpassende, zu große oder zu kleine Anzüge –, und sie plapperten miteinander in einer fremden Sprache.

»Zeigt ihm, was ihr machen könnt«, sagte mein

Freund, der sie schon vorher kennengelernt hatte. Sie waren willig. Ein kleiner Junge machte einen Handstand. Dann nahm er eine Hand weg und blieb einen Moment lang auf der anderen Hand stehen. Ein dünnes, dunkeläugiges, dunkelhaariges Mädchen beugte sich nach hinten, bis ihr Kopf zwischen ihren Beinen wieder hervorkam.

»Die haben keine Knochen«, flüsterte mein Freund. Die Toten haben keine Knochen, dachte ich. Sie fallen um wie Mehlsäcke.

Ein Kinderwagen, den eine bucklige alte Frau die Straße hinunterschob. Darin ihr Sohn, dem die Beine amputiert waren.

Sie hielt und redete mit einem Nachbarn, als der Kinderwagen fortrollte. Die Straße war steil, so daß er mit Höchstgeschwindigkeit fuhr. Der Krüppel winkte mit seiner Krücke, seine Mutter schrie nach Hilfe, und alle lachten wie im Kino. Irgendein mondgesichtiger Stummfilmkomödiant, im Begriff, über ein Kliff zu gehen ...

Im Film wußte man, daß es gut enden würde; im Leben war man überrascht, wenn es das nicht tat.

Der Krieg ging weiter. Die Deutschen hatten sich im Norden der Stadt eingegraben, auf den gegenüberliegenden Ufern von Sava und Donau. Die Russen hatten das Kämpfen für die Zeit ihres Vormarschs nach Norden, in Richtung Ungarn, den Jugoslawen überlassen. Alle tauglichen Männer wurden ausgehoben, und die Kämpfe waren hart. Belgrad war eine Stadt der Verwundeten. Man sah an jeder Ecke Leute auf Krücken. Sie gingen langsam, mitunter mit einem Henkelmann, in dem sich ihre Tagesration befand. Es gab Suppenküchen, in denen solche Leute ihre Mahlzeiten erhielten.

Einmal rannte ich, gejagt von einem Freund, mit höchster Geschwindigkeit um die Ecke meiner Straße, stieß mit einem dieser Invaliden zusammen und verschüttete seine Suppe auf das Trottoir. Ich werde seinen Blick nicht vergessen. »Ach, Kind«, sagte er sanft. Ich war zu perplex, um etwas zu sagen. Ich war noch nicht einmal imstande, ihm seine Krücke aufzuheben. Ich sah zu, wie er es unter großen Schwierigkeiten selber tat.

Um die Zeit erfuhren wir, daß der Bruder meiner Mutter auch verwundet war. Seine Geschichte ist vollkommen unglaublich – wie ich später herausfand. Zuerst kämpfte er mit den Royalisten, wurde von den Kommunisten gefangengenommen, zum Erschießen an die Wand gestellt – und am Ort begnadigt mit der Möglichkeit, sich ihnen anzuschließen. Das tat er. Die letzten paar Monate des Kriegs kämpfte er auf seiten der Kommunisten.

Folgendermaßen wurde er verwundet. Er und zwei andere Soldaten wurden von den Deutschen in einem Bauernhaus eingekreist. Sie zogen Lose, wer als erster einen Ausbruchsversuch unternehmen sollte. Mein Onkel kam als letzter. Der erste Mann lief nach langem Zögern los, nur um von den Deutschen niedergemäht zu werden. Dasselbe passierte dem zweiten, obwohl es ihm gelang, ein gutes Stück zum Wald zu laufen. Mein Onkel hatte keine Wahl, als hinterherzulaufen. An einem Punkt seines Laufs spürte er starke Wärme. Es war Winter; der Boden war von Schnee bedeckt. Dann verlor er das Bewußtsein.

Als er zu sich kam, lag er nackt und barfüßig in dem Bauernhaus, die meisten seiner Sachen waren gestohlen, und oben an der Innenseite eines Oberschenkels war eine Wunde. Er stand auf und humpelte hinaus, erreichte wenig später eine Straße, wo schließlich – er kann nicht genau sagen, wieviel Zeit darüber vergangen war – ein alter Mann auf einem Pferdekarren vorbeikam, ihm eine Decke umwarf und ihn mitnahm. Mit einem Mal – ich kann das noch immer nicht glauben – wurde der alte Mann getötet. Ein Querschläger traf ihn, und er fiel nach hinten, wo mein Onkel kauerte. Zum Glück gingen die Pferde weiter, so daß sie schließlich ein paar Russen erreichten, die ihn zu einer Sanitätseinheit brachten, wo er versorgt wurde.

Jetzt fängt die tragische Farce erst richtig an. Die Russen hatten in dieser Zeit ein Allheilmittel für jede schwere Beinverletzung: das Bein amputieren. Sie sagten meinem Onkel, das sie das tun würden. Er war sehr unglücklich, weinte sogar, während ihm der Arzt fröhlich in Erinnerung rief, daß ihm ja noch ein Bein bliebe. Sie banden ihn also auf den Feld-OP-Tisch und machten sich fertig zur Beinabnahme, als die Hölle losbrach. Granaten, Bomben flogen. Das Zelt fiel zusammen. Alle liefen hinaus und ließen ihn zurück. Als der Beschuß zu Ende war, kamen sie wieder, hatten aber keine Lust mehr zu operieren. Irgendwie endete er auf einem Gehöft, wo ihn die lieben Menschen, die dort lebten, besonders umsorgten, und so weiter. Ende dieser Geschichte.

In der Zeit, als mein Bruder geboren wurde und er und meine Mutter aus der Klinik nach Hause gekommen waren, handelte ich mit Schießpulver. Das ging so: Viele von uns Kindern besaßen geheime Vorräte an Munition, die wir während der Straßenkämpfe gesammelt hatten. Das Schießpulver aus diesen Patronen wurde an die älteren Kinder verkauft, die es, hörte ich, an die Donaufischer weiterverkauften. Für diesen letzten Teil kann ich nicht garantieren. »Verkaufen« ist außerdem das falsche Wort. Wir tauschten Schießpulver gegen Comic-Hefte, Spielzeug, Konservendosen und Gott weiß was. Ich erinnere mich an eine Dose besonders schmackhaftes amerikanisches Corned beef, die ich ganz allein verschlang, hinter der großen byzantinischen Kirche St. Markus in der Wintersonne sitzend.

Ich habe keine Ahnung, wie lange das ging. Ich hatte einen großen Wäschekorb voll Patronen im Keller versteckt. Das Schießpulver nahm man folgendermaßen heraus: Man steckte das Ende mit der Kugel in den Küchenwasserhahn und drückte die Hülse zur Seite, bis sie abging. Dazu bedurfte es natürlich vollkommener Geheimhaltung. Meine Mutter hatte keinen Schimmer, wie ich meine Zeit verbrachte, obwohl sie überrascht war von manchen der hübschen Spielzeuge, die ich plötzlich besaß. Aber sie hatte mit dem neuen Baby zu tun, und ich war schon ein erfahrener Lügner. Dann verlor ein Kind aus unserem Block beide Hände. Es hatte versucht, die langen, schwarzen Schießpulverstäbe von einer Artilleriepatrone zu lösen. Das erzählte es mir später, während ich versuchte, nicht auf seine soeben verheilten und noch roten Stümpfe zu schauen.

Ich kam im Frühjahr 1945 in die Schule, aber ich kann mich nicht mehr an viele Einzelheiten erinnern. Meine Eltern hatten mich früh lesen gelehrt, und ich brachte die ersten Klassen schnell hinter mich. In diesem Frühjahr wurde sporadisch unterrichtet. Meine Interessen waren jedenfalls woanders. Die Straßen waren voller halbverlassener Kinder. Es wurden Banden gegründet. Sagenumwobene Raufbolde hielten ganze Straßenzüge in Schach. Man konnte nicht auf dem direkten Weg zur Schule gehen. Überall waren Feinde, die darauf lauerten, daß einer wie ich an ihrem Block vorbeikam.

Wir gingen überall zu mehreren hin, aber manchmal gab es keine Wahl. Ich mußte allein gehen. Ich kannte jeden Hinterhof in meinem Stadtteil, durch den ich unbemerkt meinen Weg schlängeln konnte. Trotzdem wurde ich ein paarmal gefangen und geschlagen. Ohne Grund. Nur weil ich von einem anderen Straßenzug war. Es galt, nicht zu weinen, egal wie weh es tat, weil sie sich freuten, wenn man weinte. Ich weiß es, weil wir dasselbe mit den Kindern aus anderen Straßen machten, die bei uns erwischt wurden.

Wenn man klein ist, kann man nicht gut raufen, also sollte man schnell laufen können. Zum Glück konnte ich das – was genausoviel wert war, da immer irgendwer versuchte, mich zu verprügeln. Ein älterer Junge in unserer Nachbarschaft hatte wirklich etwas gegen mich. Folgendes war passiert: Er und ein paar andere Jungen gingen ins Kino, und er besaß eine Dose Beef – oder was es war –, die ich für ihn aufheben sollte. Kein Problem. Ich gehorchte gern. Also gingen sie. Ein bißchen später wollten die anderen von uns auf der Straße Fußball spielen, und ich beschloß, die Dose zu verstecken. Ich ging in unser Haus, versicherte mich, daß mir niemand folgte, ging dann nach hintendurch zum Kellereingang, wo ein Haufen alter Möbel und eine Art breites Faß in einer Ecke standen, und stellte die Dose Beef sorgfältig hinter das Faß. Nachdem ich mich noch einmal versicherte, daß mich niemand beobachtete, gesellte ich mich wieder zu meinen Freunden, um Fußball zu spielen.

Stunden später kam der Eigentümer der Dose vom Kino zurück und fragte danach. Ich lief los, sie zu holen. Als ich hinter das Faß ins Dunkel griff, entdeckte ich zu meinem Schrecken, daß die Dose nicht mehr dort war. Ich konnte es nicht glauben! Das war unmöglich! Ich rückte die Möbelstücke und sogar das schwere Faß von der Wand, und immer noch – nichts! Ein vollkommenes Rätsel, wie ich dem Eigentümer zu erklären suchte, der ungeduldig draußen wartete. Er glaubte mir natürlich nicht. Er begann auf der Stelle, mich zu schlagen, während ich meine Unschuld beteuerte.

Was die Dose angeht, so habe ich nie herausgefunden, wer sie geklaut hat und wie. Über Jahre habe ich daran gedacht, mir jede Einzelheit vorgestellt und mich meiner Umsicht und Bedachtsamkeit erinnert, die sogar das Geräusch einbezog, das die Dose machte, als ich sie auf den Betonboden stellte. Die beste Erklärung ist, daß mir einer meiner Freunde gefolgt ist, aber auch wenn das einer getan hat und der Schuldige war, hätte er mir das Jahre später gesagt, nachdem ich auf das Thema zur allgemeinen Belustigung oft zu sprechen kam: Das Geheimnis von Simics verschwundener Dose mit amerikanischem Army beef. Sie alle meinten, ich hätte es gegessen.

Er war der am übelsten aussehende Typ, den ich je gesehen hatte. Sie nannten ihn Singa, da er eindeutig nach Sing-Sing gehörte, auch wenn er in Belgrad und obendrein im kommunistischen Jugoslawien geringe Aussicht hatte, die Ufer des Hudson River jemals zu erreichen. Er war wohl vor allem ein großer, muskelbepackter Junge, aber die Bosheit, die ihm nachgesagt wurde, und der Schaden, den er einem bei der leisesten

Provokation zufügen konnte, ließen ihn viel älter erscheinen, als er eigentlich war. Wo er lebte, welche Verbrechen er beging und was am Ende aus ihm wurde, weiß ich nicht. Alles was ich weiß ist, daß er einmal vor dem Eingang meiner Schule saß, als gerade der Unterricht anfangen sollte. Da war er, auf den Stufen, sichtlich schlecht gelaunt, so daß sich niemand in die Schule traute. Es hieß, er würde einen durchlassen um den Preis eines Schlags auf den Kopf. Das eine oder andere Kind stellte sich der Herausforderung aus Angst vor Verspätung und hielt sich beim Betreten des Gebäudes heulend den Kopf. Danach wollte keiner mehr etwas einstecken. Die Straße war voll Schüler, die jede Bewegung Singas verfolgten, als er sich eine weitere Zigarette drehte und anzündete. Da schickte die Schule ihren athletischen Sportlehrer hinaus. Er trat ans obere Ende der Treppe und befahl Singa, sofort abzuziehen, sonst würde er die Polizei rufen. Er drohte sogar ein bißchen mit der Faust. Als Antwort spuckte Singa in seine Richtung. Wie alles andere von ihm war auch dieser Rotzklumpen über dem Durchschnitt. Er flog über eine unmögliche Distanz. Er traf die gelbbraune Hose des Sportlehrers genau am Schritt, so daß es aussah, als hätte er gerade gepinkelt. Wir lachten, und er zog sich eilig zurück. Dann kam der Augenblick, an dem ich erlebte, was ohne Frage der ruhmvollste Augenblick in meinem Leben war. Ein guter Freund aus der Nachbarschaft, der die Schule abgebrochen hatte und Schmiedelehrling war, kam zufällig vorbei. Er kannte Singa und ging zum Plaudern zu ihm. Er sah mich in der Menge und machte mir Zeichen herzukommen. So kam es, daß ich schließlich neben dem Monster stand, das mich mißtrauisch musterte, während ihm mein Freund auseinandersetzte, daß ich in Ordnung sei. Singa sagte sowieso nichts. Er schloß nur angeödet die Augen, und ich stieg schnell die Stufen hinauf. Und als ich den Eingang erreichte und bereits nach der Tür griff, hinter die sich die Lehrer verkrochen hatten, fühlte ich meinen Triumph. Ich drehte mich um zu der Menge neidvoller Augen. Sogar die schönsten Mädchen, die mich bis dahin nicht beachtet hatten, schienen vor mir Ehrfurcht zu haben. Ich stand da und erntete meinen Ruhm länger, als klug war, gleich neben dem wütigen Singa, dann wandte ich mich ab und schlenderte hinein, wobei mir sogar von Lehrern die Tür aufgehalten wurde.

Meine Mutter mußte sich um viele Dinge Sorgen machen. Es gab keine Nachricht von meinem Vater. Wir wußten nicht, daß er Italien erreicht hatte und sofort von den Deutschen verhaftet worden war, die ihn der Spionage bezichtigten. Er war ein paar Monate in Mailand im Gefängnis, als ihn die Amerikaner befreiten.

Das ist auch eine Geschichte von der Zeit. Von der Zeit, die es brauchte, bis sie ihre Zellen verließen, nachdem sie angefangen hatten zu vermuten, daß die Deutschen fort seien. In dem riesigen Mailänder Gefängnis hätte man eine Nadel fallen hören. Schließlich hielten sie es für das Beste, die Schuhe auszuziehen, bevor sie hinausgingen.

Mein Vater ging Stunden später noch auf Zehenspitzen über einen weiten, leeren Platz. Der Vollmond schien über den dunklen Palazzi. Ihm schien das Herz zu bersten.

»Es war wie eine Opernbühne«, sagt er. »Alles beleuchtet, aber niemand im Zuschauersaal und niemand im Orchestergraben. Trotzdem war mir danach zu singen. Oder eher zu schreien?«

Er tat weder das eine noch das andere. Es war 1944.

Er hatte nicht die Absicht, nach Belgrad zurückzukehren. Er mochte die Kommunisten nicht, und er kam nicht mit meiner Mutter zurecht. Vor dem Krieg hatte er für eine amerikanische Firma gearbeitet, er hatte viele Geschäftsbeziehungen nach Amerika, und er hatte dieses Land immer besuchen wollen.

Es gab noch andere Anlässe für uns zur Sorge. Die Kommunisten waren fest an der Macht. Links und rechts wurden Leute verhaftet. Jeder hatte Angst. In der Schule herrschte Indoktrination.

Ich erinnere mich an einen jungen Mann, der kam, um mit uns über Kommunismus zu reden. Wir kamen auf Religion zu sprechen. Er sagte, es gebe keinen Gott, und fragte, ob jemand von uns noch an Gott glaube. Wir hielten alle unseren Mund, bis auf ein dürres kleines Kind, das sagte, es glaube. Der Bursche fragte das Kind, was Gott denn könne. Alles, sagte das Kind. Na, sagte der Mann, wenn du ihn bitten wolltest, dir beim Heben dieses Tischs zu helfen, würde er das tun? Ich würde ihn nicht bitten, sagte das Kind und musterte den schweren Tisch. Warum nicht? setzte der Mann nach. Es wäre töricht, um so etwas zu bitten, antwortete das Kind kaum hörbar.

Damit hatte dies sein Ende. Aber es gab andere finstere Dinge. Eines Tages fragte derselbe junge Mann, ob unsere Eltern zu Hause über das neue Regime klagten. Diesmal sagte niemand etwas. Als ich meiner Mutter sagte, was vorgefallen war, gab sie mir zu verstehen, unmißverständlich, daß sie mich töten würde, wenn ich jemals den Mund aufmachte. Auf alle Fälle wollte sie nichts riskieren. Jedesmal, wenn ich ein Zimmer betrat, hielten die Erwachsenen den Mund und sahen mißtrauisch auf mich. Ich hatte jede Menge Gründe, mich schuldig zu fühlen, man muß das meinem Gesicht angesehen haben, denn es gab lange Kreuzverhöre: »Was hast du denen gesagt?« – »Nichts! Ich schwöre es!« Und so weiter.

Moderne Ideologen und Gedankenwächter wiederholen, das Private sei politisch und ein unabhängiges Ich gebe es gar nicht. Und wenn doch, dann aber nicht zum Wohl der Gemeinschaft. Orthodoxie, Gruppendenken, Tugend nach Vorschrift sind die Ideale jeder Religion und jeden utopischen Gesellschaftsentwurfs. Das einzige intellektuelle Problem der Erfinder solcher Systeme ist, den Konformismus attraktiv zu machen. Ideologien vom Nationalismus bis zum Rassismus haben nicht wirklich mit Ideen zu tun; es sind die Unterstände der Erweckungspriester, die den Gerechten eine Möglichkeit verschaffen, ihr Überlegenheitsgefühl zu genießen.

Aus historischer Erfahrung bin ich vorsichtig gegenüber jeder kollektivistischen Bekundung. Sogar Literaturgeschichtler und Kritiker erregen meinen Verdacht, wenn sie verallgemeinern. Natürlich tun sich junge Dichter und Maler zusammen und beeinflussen einander und gehören demselben Zeitgeist an, doch diesen eindeutigen Tatsachen zum Trotz: Welche Literatur, die etwas wert ist, wurde von einer Gruppe geschrieben? Hat irgendein echter Künstler oder eine echte Künstlerin sich jemals ausschließlich als Teil einer Bewegung betrachtet? Ist irgend jemand im Ernst ein Postmoderner, was immer das sein mag?

Ich finde Systeme nicht sympathisch. Nach meiner Ästhetik ist eine Dichterin echt, wenn sie nicht mit einem Etikett versehen werden kann. Wenn man zuweilen auf beleidigendes Vokabular zurückgreifen muß, um solche Etikettenkleber in die Schranken zu weisen, so sei es.

Meine erste und unvergeßliche Freude an der Sprache war die Entdeckung »schlimmer Wörter«. Ich muß drei oder vier Jahre alt gewesen sein, als ich meine Mutter und eine andere Frau das Wort »Fotze« sagen hörte. Als ich es zu mir selbst wiederholte, als ich es laut aussprach, damit es alle hörten und bewunderten, gab mir meine Mutter eine Ohrfeige und sagte, ich solle das Wort nie wieder in den Mund nehmen. Aha, dachte ich, es gibt Worte, so köstlich, daß man sie nicht laut sagen darf!

Das stimmt nicht ganz. Ich hatte eine Großtante, die so redete, sobald sie nur den Mund aufmachte. Meine Mutter bat sie, während ihrer Besuche nicht so vor den Kindern zu reden, doch sie beachtete das nicht. Einen solchen Charakter und ein loses Mundwerk zu haben war in einem kommunistischen Land eine ernsthafte Belastung. »Wir kommen ihretwegen noch alle ins Gefängnis«, sagte meine Mutter.

Es gibt Augenblicke im Leben, die nach echter Beschimpfung schreien, wenn es aus einem tiefen Gefühl für Gerechtigkeit absolut notwendig wird, in der gröbstmöglichen Sprache anzuprangern, zu verhöhnen, mit Schimpfworten zu überschütten, auszuteilen, anzuschnauzen. »Ich möchte nicht von diesem Fehler abgehalten werden«, schrieb vor langem Robert Burton in seiner *Anatomy of Melancholy*. Das meine ich auch.

Wenn ich irgend etwas erweitern und vervollkommnen will, dann mein Arsenal an Verwünschungen.

Aus der Geschichte des 20. Jahrhunderts habe ich gelernt, daß nur blöde Ideen nicht untergehen. Der Traum so manchen Sozialreformers ist es, das Haupt eines aufgeklärten, seelenverbessernden Strafvollzugs zu sein. Jeder eitle, fade, zänkische und sexuell frustrierte Mensch träumt davon, seine Impotenz zum Gesetz zu erheben. Maos Uniformen: eine Milliarde gleich gekleideter Menschen, die etwas aus seinem kleinen roten Buch schreien, auch das war eine geheime Hoffnung moderner Visionäre.

Wer erst einmal begriffen hat, daß viel von dem, was er sieht und hört, bloß dazu dient, Betrug salonfähig zu machen, der kann bald in Schwierigkeiten kommen. Zum Beispiel hatte meine Großtante lange vor den Pariser Intellektuellen gemerkt, daß die Sowjetunion und die sogenannten Volksdemokratien von vorn bis hinten Augenwischerei und Lüge waren. Sie war eine dieser Frauen, die sofort die Fassade durchschauen. Darüber hinaus hatte sie eh keine gute Meinung von der Menschheit. Nicht, weil sie bösartig und voller Vorurteile war. Ganz im Gegenteil. Sie aß, trank und lachte gern und hüpfte hinter dem Rücken ihres ältlichen Ehemanns schnell mal ins Heu. Sie hatte bloß einen ungewöhnlich unverworrenen und klaren Kopf. Unser revolutionäres Regime, unter dem ein loses Mundwerk und Spontaneität als politische Verbrechen galten, bezeichnete sie als einen riesigen Scheißhaufen, einschließlich des Marschalls Tito persönlich. Ihre Ausbrüche wurden ausgelöst von dem, was sie als anderer Leute Einfalt ansah. Ihrer Meinung nach war sie umgeben von Feiglingen und Schwachköpfen. Die Tageszeitungen und das Radio trieben sie zur verbalen Tobsucht. »Gebt es zu«, schrie sie meine Mutter und Großmutter an, »müßt ihr nicht kotzen, wenn ihr die so reden hört?«

Wenn diese flüsternd zustimmten, ja, tatsächlich, diese Kommunisten sind nichts anderes als ein Haufen mörderischer ungebildeter Bauerntölpel, stalinistische Handlanger und was nicht noch, dann war sie noch immer nicht zufrieden. Es gab da etwas am Menschen als Gattung, das sie bekümmerte. Nicht, daß die Menschen früher anders gewesen wären. Gemeinheit und Dummheit gab es immer. Aber sie schlug die Hände vor Verzweiflung wieder und wieder über dem Kopf zusammen, als könnte sie es nicht fassen. Als hätte sie eine unheilbare Allergie gegen alles Falsche und Schmierige. Sie brauchte einen ganzen Tag, um diese bösen Geister loszuwerden. Sie zu verfluchen bereitete ihr offenbar ein königliches Vergnügen. Was sie nicht wußte: Mir, der hinter der verschlossenen Tür lauschte und unverschämt grinste, bereitete es ein ebensolches Vergnügen.

»Was wollt ihr von mir? Blut?« hörte ich eines Tages eine alte Frau im Sozialamt schreien. Sie verwünschte die Leute noch weitere fünf Minuten lang, nicht weil sie irgendeine Erwartung hegte, das ihr zugefügte Unrecht würde wiedergutgemacht, sondern einfach zu dem Zweck, sich für einen kurzen Moment wohl und rein zu fühlen.

Mein Leben auf der Straße wurde schwieriger. Ich hing mit älteren Jungen herum. Es wurde gestohlen. Wir stahlen für Gewinn und aus Spaß – alles, was wir unter die Finger bekamen, das entfernt wertvoll aussah. Ich stand normalerweise Schmiere, weil ich der kleinste und schnellste war. Ich erinnere mich, von einem Mann mit einer Axt gejagt zu werden, dessen Fahrradpumpe ich aus seinem Hinterhof geholt hatte, während er mir den Rücken kehrte. Oder wie ich in ein Lebensmittelgeschäft ging, etwas vom Ladentisch grapschte und davonlief. Das war zur Übung. In diesen Läden gab es nicht viel. Die meisten Nahrungsmittel waren rationiert. Wenn man jemandem seine Monatsration Zucker klaute, beging man ein unverzeihliches Verbrechen.

Was mich an etwas erinnert. Es gab Leute, die hielten Hühner und sogar Schweine in ihren Wohnungen, wenn sie sie bekommen konnten. Ich nehme an, sie hatten Angst, sie im Hinterhof zu halten. Sie hätten rund um die Uhr Wache schieben müssen. Womöglich gab es sogar ein Gesetz dagegen.

So etwas hielt man geheim. Es gingen dann Gerüchte um, daß der und der ein Schwein im Badezimmer habe, daß die Besitzer ihrem Schwein, wenn es größer wurde, das Wohnzimmer überließen und selber ins Badezimmer zögen. So hieß es jedenfalls in einem Gerücht.

Meine Mutter war empört. Die Wohnung, auf die der Verdacht fiel, hatte zuvor einem Klavierlehrer gehört. Jetzt lebten ein paar Bauern darin, aber das Klavier war noch da. Meine Mutter machte sich immer Gedanken um das Klavier und stellte sich vor, wie das Schwein darunter schlief oder seinen Rücken an einem der Beine scheuerte. Ich fand das ziemlich lustig.

Nicht lange. Als meine Freunde davon hörten, überlegten sie, daß wir das Schwein stehlen sollten. Ich sollte auf den Balkon des dritten Stockwerks klettern, wenn die Leute bei der Arbeit waren, die Wohnungstür öffnen und die Bande herein- und das Schwein hinauslassen. Mehr als die Kletterei erschreckte mich der Gedanke, auf das Schwein zu stoßen. Ich stellte es mir riesig vor. Eine monströse Sau, deren Kruppe bis zur Decke reichte. Wer weiß, was wirklich passiert wäre, wenn wir nicht genau dann eine Reise gemacht hätten.

Meine Mutter hatte gehört, daß mein Vater lebendig und wohlauf in Triest sei. Für sie stand fest, daß wir ihn sofort aufsuchen sollten. Die Grenze zwischen Jugoslawien und Italien war noch offen, weil beide Länder die Gegend um Triest für sich beanspruchten. Es bestand die Möglichkeit hinüberzukommen, aber es war gefährlich. Man konnte festgenommen werden. Man konnte natürlich auch erschossen werden. Meine Mutter machte sich darüber keine Illusionen. Dennoch hatte sie das Gefühl, es versuchen zu müssen.

Im Herbst 1945 verließen wir Belgrad in Richtung Küste. Die Zugfahrt dauerte ewig. Die Gleise waren noch in furchtbarem Zustand. Die ganze Strecke entlang sah man entgleiste Züge und ausgebombte Bahnhöfe. Überall waren Soldaten und ungeheure Menschenmengen, die den Zug besteigen wollten. Auch wenn die Deutschen fort waren, konnte man ihre Gegenwart noch spüren. Wir waren Serben auf kroatischem Gebiet, und kroatische Faschisten hatten den Krieg damit zugebracht, Serben zu töten. Wir machten den Mund nicht oft auf.

Dies war der Zug, den mein Vater genommen hatte, dachte ich ständig. Was ich jetzt sah, hatte er gesehen. Jene Gruppe Bäume zum Beispiel. Oder das Haus oben auf dem Hügel! In Zagreb verbrachten wir die Nacht in einem Hotel. Ich erinnere die dunklen, spärlich beleuchteten Straßen. Sie waren leer. Es war spät. Unser Zimmer war klein und kalt. Alles sah anders aus. Es war nicht mehr dasselbe Land.

Am nächsten Tag, als wir Opatia-Fiume erreichten, das einst moderne österreich-ungarische Seebad, hörten wir, daß die Grenze geschlossen war. Aber wenn jemand die richtigen Leute kannte, konnte er illegal hinüber. Also blieben wir.

Es war ein großes, altes Strandhotel mit hohen stuckverzierten Decken, Kristalleuchtern und überall Spiegeln. Wir nahmen unsere Mahlzeiten in einem weiten, tadellos eingedeckten und fast menschenleeren Speisesaal ein, aus dem man auf das graue Meer sah. Ich habe mich später gefragt, wer die wenigen anderen Gäste waren. Sie umgaben sich mit etwas Geheimnisvollem, redeten nicht miteinander und reagierten selten auf unser Nicken. Ich konnte stundenlang die ausgedehnten Korridore entlanglaufen, ohne irgend jemanden zu treffen oder ein Geräusch zu hören. Einmal hörte ich Schluchzer, gedämpfte Schluchzer, und hielt sogar mein Auge ans Schlüsselloch, konnte aber nichts sehen. Es war da nur das graue Meer jenseits der geöffneten Balkontür und das Schweigen des Hotels um mich her. Die Frau hatte aufgehört zu weinen.

Wir fuhren nach Belgrad zurück, aber meine Mutter war hartnäckig. Sie machte jemanden ausfindig, der eine zuverlässige Person kannte, die uns für Geld über die Grenze nach Österreich bringen konnte. Mir wurde nichts gesagt. Ich war der Ansicht, wir verbrächten unsere Sommerferien in den Bergen von Slowenien. Wieder befanden wir uns in einem eleganten, halbleeren Landhaus, schliefen lang und machten weite Bergwanderungen.

An einem Abend gingen wir weiter als gewöhnlich. Wir saßen auf ein paar Steinen im Wald, und meine

Mutter sagte mir, daß dies die Nacht sei, in der wir zu meinem Vater gingen.

Es war fast pechschwarz, als ein Mann kam und uns zu einem Bauernhaus führte, wo zwei bewaffnete Männer warteten. Den Rest der Nacht stiegen wir bergan, wobei meine Mutter meinen kleinen Bruder auf den Armen trug. Sie hatte ihm etwas gegeben, damit er schlief. Wir mußten absolut still sein, auch wenn wir kurze Pausen machten.

Wir konnten die meiste Zeit des Wegs nicht viel sehen. Der Mond kam erst heraus, als wir in tiefer Nacht die Grenze überschritten. Wir befanden uns an einem Hang, und Jugoslawien lag tief unten. Wir saßen auf der Erde und führten das erste Gespräch der Nacht, und die Männer rauchten. Das war ein Fehler, wie sich herausstellte. Wir hörten jemanden etwas auf deutsch rufen. Einer unserer Führer sprang auf und eröffnete das Feuer, und alle beide machten sich in Richtung Jugoslawien davon und ließen uns allein. Nach einer langen Zeit kam ein weiterer Ruf auf deutsch. Diesmal antwortete meine Mutter, und ziemlich bald kamen sie zwischen den Bäumen hervor. Wir waren in den Händen einer amerikanisch-österreichischen Grenzpatrouille, und das stimmte uns enorm fröhlich.

Die Amerikaner nahmen uns in ihre Kaserne mit, wo wir das Ende der Nacht abwarteten. Am Morgen sah ich zum ersten Mal die amerikanische Armee. Einige Soldaten waren schwarz, was mich faszinierte. Jeder war sehr freundlich, man gab uns Kaugummis und Schokolade. Wir aßen mit allen anderen in der Kantine, ein großes Frühstück mit Eiern und Speck. Es gab sogar Kakao! Meine Mutter war glücklicher, als ich sie je gesehen hatte. Dies war das Paradies.

Unsere Schwierigkeiten fingen an, als die Amerikaner uns der englischen Armee übergaben, in deren Besatzungszone wir uns befanden. Ein Oberst fragte meine Mutter streng nach unseren Pässen. Meine Mutter lachte. Nach unserer nächtlichen Bergwanderung hingen unsere Kleider in Fetzen, und unsere Hände und Gesichter waren mit Schrammen übersät. Meine Mutter versuchte es mit Humor. Sie sagte ihm im besten Englisch, das ihr möglich war, daß wir, wenn wir Pässe hätten, sicherlich den Schlafwagen genommen hätten. Der Kamerad fand das nicht lustig. Jede ihrer Erklärungen stieß auf taube Ohren. Dann folgte die große Überraschung und ein noch größerer Schrecken: Er fuhr uns an die Grenze und händigte uns den jugoslawischen Grenzwachen aus. Er salutierte, sie salutierten, und wir waren wieder in Jugoslawien und in Haft.

Wir wußten nicht, daß dies die Regel war. Die Engländer schickten russische Kriegsgefangene und jeden anderen Osteuropäer, der ihnen in die Hände fiel, zurück. Leute bettelten, warfen ihre Kinder aus den Zügen, begingen Selbstmord. Die Engländer scherten sich nicht darum. Ihr Liebling Stalin schaffte alle in die Arbeitslager, wo natürlich viele umkamen.

Unser Fall war nicht so tragisch. Wir wurden während der nächsten Wochen von Gefängnis zu Gefängnis verlegt, bis wir Belgrad erreichten. Manchmal war es ganz idyllisch – zum Beispiel zu Fuß über das herrliche slowenische Land eskortiert zu werden und an einem an der Straße gelegenen Obstgarten anzuhalten und gemeinsam mit unserer Wache Äpfel zu essen. Bei anderen Gelegenheiten waren die Zellen überfüllt, und es gab unangenehme Gestalten. Ich erinnere mich an einen großen Mann, von dem es hieß, er habe mehrere Menschen umgebracht. Er stand einfach mitten in der Zelle, den ganzen Tag, die Augen geschlossen. Niemand traute sich, ihm nah zu kommen oder lauter als flüsternd zu sprechen.

In Belgrad wurden mein Bruder und ich meiner Großmutter übergeben, und meine Mutter wurde für weitere vier Monate in Haft behalten. Ihre Verteidigung war, daß sie einfach bei ihrem Mann sein wollte und nicht die legalen Möglichkeiten dazu hatte. Das war wahr genug, aber wahrscheinlich nicht der Grund, warum sie sie mit so wenig Ärger gehen ließen. Die Gefängnisse waren zu dieser Zeit voller Menschen mit interessanteren politischen Vergehen. Wir waren kleine Fische. Sie ohrfeigten meine Mutter ein paarmal, einmal vor unseren Augen, aber das war alles.

Was mich betrifft, so genoß ich es richtig, im Gefängnis zu sein. Ein paar Mal steckten sie mich zu den Männern. Das war schlimm für meine Mutter, weil sie Angst hatte, wir würden getrennt werden und uns nicht mehr wiedersehen. Die Zellentür wurde zu einer gottlosen Nachtzeit aufgestoßen, zu der sonst Leute zum Verhör geholt wurden, und das kleine Kind wurde hereingeschubst. Die Gefangenen waren platt. Die Zelle war rammelvoll. Sie mußten Platz für mich machen und mir Decken geben. Ich sollte ihnen meine Geschichte erzählen. Nichts lieber als das. Die Wanzen machten den Schlaf schwierig. Ich übertrieb, und wie ich übertrieb! Ich war im Zentrum der Aufmerksamkeit. Auch zu Hause wollten alle Verwandten und Freunde hören, was passiert war. Nacht für Nacht stellte ich diesen grimmigen und wachsamen Gesichtern die Schießerei und die Prügel für meine Mutter dar, erfand immer mehr phantastische Einzelheiten, bis sie schließlich anfingen, mich auszulachen, und ich aufhörte.

III

Meine Kindheit ist ein Film in Schwarzweiss. Ach, verregnete Abende, schwach erleuchtete Straßen! Meine Mutter, die mich an der Hand in die dunklen Kinos führt, in denen die Vorstellung schon angefangen hat; wo ein Junge unter einem Himmel voller drohender Wolken eine Landstraße hinunterläuft, an einem Grab niederkniet und Gräser ausrupft, während der Wind durch die Kreuze und Bäume um ihn herum heult; später besucht er eine eigenartige alte Frau, die in ihrem Hochzeitskleid an einem Tisch voll schimmeliger, mit Spinnweben überwobener Speisen sitzt. Mäuse laufen bei dem riesigen Hochzeitskuchen ein und aus. Zum Glück ist da ein schönes Mädchen, das ihn zwar gemein hänselt, das er aber einmal auf der dunklen Treppe küssen darf.

Es sind die dunklen Zeiten, die ich jetzt beschreibe, Dinge, die vor vierzig Jahren passiert sind. Meine Erinnerung ist so schwach, daß alles schlecht beleuchtet und voller Schatten aussieht. Sogar schönen Sommermorgen fehlt die Helle, die sie zweifellos hatten. Und die Nächte ... sie sind so undurchdringlich wie die Träume, aus denen man verwirrt erwacht, unfähig, sich an etwas Bestimmtes zu erinnern. Geht das jedem so?

Es gehören Tage und Jahre dazu, bei denen ich mir nicht sicher bin. In einer solchen frühen Erinnerung habe ich eine schwarze Katze in meinem Zimmer in Belgrad. Ich sehe auf die verlassene Straße, und sie sitzt auf meinem Bett und putzt sich. Wenn es dunkel wird, übernimmt sie die Beobachtung der Straße, und ich liege auf dem Bett.

An manchen Tagen war mir so langweilig, daß ich so tat, als spielte ich Schach mit der dösenden Katze. Als einmal meine Mutter hereinkam, um die Tischlampe anzuknipsen, konnte man unsere Silhouetten und die der Schachfiguren auf der Wand sehen. Ich verharrte mit erhobener Hand und beobachtete, wie der Schwanz der Katze hin und wieder zuckte.

Als ich mich schließlich bewegte, verschwanden die Katze und das Schachbrett. Meine einzige Möglichkeit ist, an den Anfang zurückzugehen, wo ich die verlassene Straße beobachte und die Katze auf dem Bett sitzt und sich putzt.

In unserem Haus war ein junges Mädchen, eins der bosnischen Waisenkinder, die mich dazu brachte, ihr unter den Rock zu greifen. Ich entsinne mich noch der Feuchtigkeit ihres Schritts und meiner Überraschung, daß da diese vielen Haare waren. Ich konnte nicht genug davon bekommen, und sie mochte es wohl auch. Sie kroch unter einen Ecktisch, über den ein langes Tuch gebreitet war und den ich für meine Spielzeugsoldaten als Festung benutzte. Ich weiß nicht mehr, was sie sagte, wenn überhaupt. Es ist da bloß ihre Hand, die meine Hand entschlossen an diese feuchte Stelle führte.

Schreiben bringt es zurück. Da ist die Logik der Chronologie, die einen zwingt, zu überlegen, was als nächstes kommt. Es gibt auch die Logik der Vorstellung. Ein Bild ruft ohne Sinn und Vernunft ein anderes hervor – vielleicht insgeheim voll Sinn und Vernunft! Ich muß das glauben. Wie sonst sollte ich erklären, warum mich gerade diese Filmszene an den großen ungarischen Hypnotiseur erinnert?

An einem Abend sind wir in seine Vorstellung gegangen. Es war in einem großen alten Hotel-Tanzsaal am See von Veldes in Slowenien. Es war gerammelt voll, aber merkwürdig still. Man weiß, wie das ist mit Hypnotiseuren, sie sind imstande, einen anzusprechen, auf die Bühne zu bringen und merkwürdige Dinge tun zu lassen. Dieser Mann stand im Ruf, Wunder zu vollbringen. Und er sah danach aus: schwarze Kleidung, schwarzes glattgebürstetes Haar, buschige Augenbrauen, schreckliche Augen, befehlshaberische Stimme. Er ließ meine Mutter raten, was in den Taschen anderer Leute war. Sie saß mit geschlossenen Augen auf der Bühne, während er zwischen den Zuschauern stand und auf jemanden zeigte. Sie sprach sehr langsam und in einer Art Bühnenflüstern. Das Publikum hielt den Atem an und klatschte dann Beifall.

Ich kann mich nicht sehr gut erinnern, obgleich ich nie vergessen werde, wie die Stimme meiner Mutter klang. Es war hinter der gewohnten eine weitere Person. Jemand vollkommen Fremdes, auf den ich von jetzt an achtgeben mußte.

Am nächsten Morgen beim Frühstück kamen wir schließlich im Speisesaal des Hotels am selben Tisch wie der Hypnotiseur zu sitzen. Reiner Zufall. Wir waren zu dritt und er allein, und sonst war kein Stuhl mehr frei.

»Sieh ihn nicht an«, flüsterte mir meine Mutter ins Ohr und trat mich unter dem Tisch, um es zu betonen. Der Hypnotiseur interessierte sich nicht für uns. Ich glaube nicht einmal, daß er meine Mutter wiedererkannte. Er aß sein Frühstück und starrte langsam kauend auf seinen Teller. Sogar ich konnte erkennen, daß er falsche Zähne hatte. Er war ein sehr alter Mann. Beim Halten des Buttermessers zitterte seine Hand. Wir waren schneller fertig als er und verließen den Tisch ohne einen Blick zurück.

1947 oder 1948 gab es eine Zeit, in der wir fast nichts zu essen hatten. Meine Mutter hatte ihre Stellung beim Konservatorium noch nicht zurück, und wir kamen schlecht zurecht. An einem Nachmittag kam ich von der Schule und sagte ihr, ich sei hungrig, und sah, wie sie in Tränen ausbrach. Für diesen Tag waren uns ein paar Zwiebeln geblieben, die ich aufschnitt. Es gab kein Öl, nur etwas trockenes Brot und Salz. In Erinnerung blieb mir der Gedanke, daß das ziemlich gut schmeckt.

Meine Mutter, die unter allen Umständen eine miserable Köchin war, machte häufig eine Art fleischlosen Eintopf, der aus Kartoffeln, Zwiebeln und vielleicht ein paar Karotten bestand. Das kam ständig auf den Tisch. Nach drei Tagen, nach all dem Wiederaufwärmen, schmeckte das Zeug verfault. Ich mußte bei jedem Bissen würgen und große Schlucke Wasser trinken, um es hinunterzubekommen. Das Brot war rationiert. Es gab nur eine große Scheibe Schwarzbrot, die ich immer als letztes aß, als Nachtisch.

Die Kinder auf der Straße sprachen die ganze Zeit übers Essen. Zum Beispiel beschrieb einer eine Salami, die er einmal gegessen hatte, in allen Einzelheiten. Wir hörten zu und fragten nach Geschmacksnuancen. Ein anderer redete über die Vor- und Nachteile von gebackenem gegenüber geröstetem Hühnchen. Andere mochten Süßes. Sie schwärmten von Eiscreme, Schweizer Schokolade, unterschiedlichen Arten von Kuchen und Torten. Mein eigener Beitrag hatte fast immer Schweinsohren zum Thema. Nach meiner Meinung gab es nichts Schmackhafteres als geröstete Spanferkelohren. Dazu gibt es eine Geschichte.

Belgrad ist umgeben von Landwirtschaft, und wenn man die richtigen Leute kannte, konnte man so ziemlich jede Art Lebensmittel erhalten – zu horrenden Preisen. Eine fette Bäuerin besuchte uns heimlich, und nachdem sie mit meiner Mutter gefeilscht hatte, hob sie ihre Röcke, um lange Speckschwarten freizulegen, die sie sich um die Hüfte gewickelt hatte. Da wir kein Geld hatten, tauschten wir. Jeder machte das.

Die Bürgersteige waren an Weihnachten voll von geröstetem Spanferkel. Schweine aller Größen in allen Arten von Pfannen. Leute brachten sie zu Bäckereien, wo sie gegen geringe Gebühr im großen Ofen gebacken wurden. Später am Morgen war kein Platz mehr an den Tresen, also mußten die Schweine hinausgeräumt werden, bis ihre Eigentümer sie abholen kamen.

Ich erinnere mich deutlich an den Anblick, aber ich habe keine Ahnung, in welchem Jahr das war. Es hatte angefangen zu schneien, so daß einer der Bäckergehilfen versuchte, die gebackenen Schweine mit Zeitungen abzudecken. Das Papier wurde sofort fettig und naß. Es war nicht einfach, die Ohren der Schweine abzudecken. Sie waren aufgerichtet wie für einen Lauschangriff. Eine Menge Menschen wimmelte schwatzend herum und suchte nach ihren Pfannen. Jeder war in guter

Laune. Die Schweine sahen dem Gegessenwerden froh entgegen.

Unseres bestimmt. Ich mußte es ein paar Blocks weit über den rutschigen Bürgersteig tragen. Die Pfanne war schwer. Es war viel Fett darin, das ich nicht verschütten wollte, also manövrierte ich mich vorsichtig Schritt für Schritt voran. Plötzlich eine Bö. Das Papier flatterte auf und flog mir ins Gesicht, so daß ich die Pfanne schief hielt und mir das Schwein an die Brust glitt. Ich war von Fett bedeckt. Es gab eine Szene, als ich nach Hause kam.

Hunde liefen mir monatelang hinterher. Meine Mutter bemühte sich, so gut sie konnte, den Fleck zu beseitigen, aber der Geruch blieb. Nachts deckte ich mich mit meinem Mantel zu und roch den Braten und sah all die Schweine auf dem Bürgersteig.

Das bringt mich wieder darauf, daß dieser Mantel viel zu groß für mich war, so daß er den Boden streifte und meinen Gang veränderte. Er gehörte jemand anderem, und ich sah darin lachhaft aus, aber meine Mutter ließ mich ihn trotzdem anziehen. Die Leute auf der Straße blieben stehen und sahen mich ungläubig an.

Einmal stand ich an einer Straßenecke und wartete, um über die Straße zu gehen, als mich eine junge Frau für einen Bettler hielt. Sie gab mir eine kleine Münze und eilte wortlos weiter. Ich war überglücklich, das Geld zu haben, aber dennoch regte es mich auf. Sie sah aus wie eine Bäuerin, offenbar zum ersten Mal in der Stadt, so daß das vielleicht die Erklärung war.

Es regnet. Es ist Sonntag. Ein grauer Nachmittag im Spätherbst. Mein Radio ist leise gestellt. Ich liege auf dem Bett und lese. Die Zeit ist stehengeblieben. Ich empfinde ein tiefes Gefühl des Wohlseins. Ich mag den Regen, der mich davon abhält, zum Spielen nach draußen zu gehen.

Ich erinnere mich nicht an die Titel der Bücher oder an das Jahr, doch solche mit Büchern verbrachten Augenblicke sind meine glücklichsten Erinnerungen. Ich fing früh an zu lesen, weil mein Vater eine große Bibliothek besaß. Sogar in meinem Zimmer standen ernste Bücher. Sie machten mich neugierig. Zuerst blätterte ich durch die Seiten auf der Suche nach Abbildungen, dann sah ich die Worte an, bis ich mit Hilfe meiner Eltern lesen lernte. Im Alter von zehn war ich verliebt in Bücher.

Meine Freunde lasen auch. Uns gefielen Western, Agentengeschichten, Abenteuerromane, Comics. Die meisten dieser Bücher waren vor dem Krieg veröffentlicht worden, und der Nachschub war begrenzt. Es war möglich, und dies passierte schließlich auch mir, alle in unserem Zirkel vorhandenen Bücher gelesen zu haben. Sie konnten nicht in Buchhandlungen erstanden oder aus Büchereien entliehen werden. Wir bekamen die Bücher von älteren Leuten. Dann reichten wir sie weiter. Es gab auch lange Zeitabschnitte, in denen es nichts Neues zu lesen gab. Ich mußte mich an die Bibliothek meines Vaters halten. Ich las Zola, Dickens und Dostojewski zuerst aus reiner Langeweile. Dann hat es mich gepackt. *Oliver Twist* mochte ich sehr. *Great Expectations* war noch schöner. Thomas Manns *Zauberberg* war unmöglich zu lesen. Ich mochte die serbischen Volksballaden und -gedichte, andere Poesie ließ mich dagegen kalt.

In der Ballade »Der kleine Radojica« zum Beispiel freuen sich die Gefangenen in Aga Becir Agas Kerker, daß ihr Kamerad, der kleine Radojica, noch nicht gefangen ist. Doch dann wird er gefaßt. Man wirft ihn zu den anderen Gefangenen, die die Hoffnung aufgegeben haben. Er aber sagt ihnen, sie sollen sich keine Sorgen machen und weist sie an, den Türken bei Tagesanbruch zu melden, daß er in der Nacht gestorben sei. Sobald der Morgen anbricht, fangen sie zu schreien an, Radojica ist tot, und sein Kadaver stinkt schon. Die Türken bringen Radojica, der sich totstellt, in den Gefängnishof. Der Aga wirft einen Blick auf ihn und befiehlt seinen Dienern, die stinkende Leiche ins Meer zu werfen. Doch da erscheinen des Agas Frau und Tochter. Die Frau behauptet, daß Radojica nur so tut. Sie will, daß auf seiner Brust ein Feuer gemacht wird, um zu sehen, ob er sich rührt. Gesagt, getan, aber er rührt sich nicht. Dann läßt sie Nägel unter seine Fingernägel treiben. Radojica macht keinen Mucks. Dem Aga reicht es, aber seine Frau hat noch einen Einfall. Sie sagt ihrer Tochter, sie soll ihre Freundinnen rufen und mit ihnen um den toten Mann tanzen. Die Tochter ist sehr schön, wie es in der Ballade heißt, so daß es für Radojica schwierig wird. Es folgt eine schöne Beschreibung der fließenden Gewänder der Tochter und ihrer klingenden Armbänder beim Tanz. Der arme Radojica blinzelt mit einem Auge, und Mund und Schnurrbart kräuseln sich zu einem Grinsen. Die Tochter sieht das und wirft ihren Schleier über sein Gesicht. Radojica wird schließlich ins Meer geworfen, auf daß ihn die Haie verschlingen, doch es gelingt ihm, zu einem entlegenen Fels zu schwimmen, mit den Zähnen die Nägel aus seinen Fingernägeln zu ziehen und auf den Einbruch der Nacht zu warten. Der Aga diniert mit seiner Familie und feiert, daß er seinen großen Feind los ist, als Radojica durch das offene Turmfenster hereinspringt. Er tötet die Eltern mit seinen Zähnen und sagt der entsetzten Tochter, daß er sie zur Frau nehmen wird. Was Agas Gold angeht, so wirft er es vom Turm hinunter zu den befreiten Gefangenen.

Das Bedürfnis zu lesen hat mich nie verlassen. Ich lese immer noch jede Art von Büchern über jede Art Themen. Folglich weiß ich von vielerlei Dingen ein wenig. In einer guten Bibliothek könnte ich leben und sterben, aber ich habe keine besondere Achtung vor großer Gelehrsamkeit. Mir ist die Silbenstecherei, zu der die Gelehrsamkeit neigt, verdächtig. Und doch scheint es mir unmöglich, es könnte jemand nicht wissen wollen, was in Büchern steht.

Lesen und Phantasieren; weit entfernte Orte und mögliche Leben für sich herbeizuphantasieren. So viele Orte, so viele Leben! Wer möchte nicht noch einmal jene träumerischen Stunden durchleben, in denen seine Phantasie im Bann eines großen Werks der Literatur gestanden hat?

Dann gab es Musik. Mein Radio war immer angestellt. Ich entdeckte amerikanischen Jazz und konnte nicht genug davon bekommen. Spätnachts empfing das Radio Sender der US-Armee in Deutschland und Österreich. Das ist die Welt, in der ich leben möchte, dachte ich. Die Welt, in der Johnny Hodges und Lester Young Saxophon spielen und Billie Holiday singt.

Als Lehrerin für Operngesang hatte meine Mutter oft ihre Konservatoriumsstudenten zum Unterricht im Haus. Im Alter von fünf Jahren kannte ich die meisten wichtigeren Opernarien. Ich sang sie mir sogar selber vor, wenn ich mit meinen Spielsachen spielte, was meine Mutter auf den Gedanken brachte, ich sei zum klassischen Musiker bestimmt. Die Folgen waren furchtbar. Ich hatte zwei Jahre lang Geigenstunden und danach zwei Jahre Klavierunterricht, und es war die reine Qual.

Es war nicht nur das Instrument, das mir Verdruß bereitete, sondern auch der Kasten. Ich habe nie wieder solch ein Ding gesehen. Er war aus schweren Holz gemacht, und er war groß und schwer. Der Griff war am Ende statt, wie gewöhnlich, an der Seite. Er war aus Messing, und auf dem Kasten waren noch andere Messingverzierungen. »Der sieht aus wie ein Kindersarg«, befand einer meiner Freunde, nachdem er ihn betrachtet hatte. Er hatte recht. Jeder, der ihn sah, dachte dasselbe. Leute schüttelten den Kopf, wenn ich damit über die Straße ging.

Meine Lehrerin wohnte am anderen Ende der Stadt, so daß ich mit dem Ding einen weiten Weg hatte. Ich erinnere mich an das Zimmer meiner Lehrerin, wie still es war und wie kalt. Ein weiter, beinah leerer Raum mit einer hohen Decke, auf die schon weniger Licht fiel. Ich höre noch die ersten schrägen Töne, die meine Geige von sich gab, und die strengen Worte der Ermahnung. Ich hatte Angst vor dieser alten Frau. Zugleich mochte ich sie, weil sie mir nach der Schelte etwas zu essen gab. Etwas Seltenes und Exotisches wie mit süßem Likör gefüllte Schokolade. Wir saßen in dem großen leeren Raum, der inzwischen fast dunkel war. Ich aß, und sie sah mir dabei zu. »Armes Kind«, sagte sie, und ich dachte, es hätte damit zu tun, daß ich zuwenig übte und begriffsstutzig war, wenn sie versuchte, mir etwas zu erklären, doch heute bin ich mir nicht sicher, daß sie das meinte. Mir scheint vielmehr, daß sie etwas vollkommen anderes meinte. Deshalb schreibe ich dies, um herauszufinden, was es war.

Alles war zu Ende, als mein Bruder auf die Geige sprang, die ich »unbedacht« auf dem Bett liegengelassen hatte. Das war meine Version. Die Geschichte ist in Wahrheit viel perverser. Ich sah, wie er auf dem Bett hüpfte wie auf einem Trampolin. Er tat das oft. Eines Tages kam mir die Idee. Ich steckte die Geige unter eine der Decken. Sie zerspellte in hundert Stücke, als er sie traf. Ich mußte so tun, als sei ich zutiefst unglücklich, schrecklich aufgeregt und so weiter. Allerdings glaube ich nicht, die anderen vollkommen getäuscht zu haben. Geigen waren sehr teuer, und meiner Mutter wurde bei der Gelegenheit klar, daß mein Herz nicht daran hing. Darum war keine Rede davon, daß ich eine andere bekommen sollte.

Trotzdem gefiel mir klassische Musik ganz gut. Meine Mutter nahm mich in viele Konzerte und Opernaufführungen mit. Wenn ihre Studenten nicht da waren und sangen, übte sie Tonleitern. Auch mein Vater sang. Opernarien, serbische Volkslieder, ungarische oder russische Zigeunerlieder – immer sang jemand. Meine Mutter sang sogar Volkslieder im Radio. Ich fand sie furchtbar. Zu gepflegt, um die Bauernlieder richtig zu singen – so wie es mein Vater nach ein paar Flaschen Wein konnte. Zufällig hatte auch er einmal am Konservatorium Gesang studiert. So hatten sie sich kennengelernt. Sie gaben auch ein paar gemeinsame Konzerte und sangen Duette von Mozart.

In der Biographie der russischen Dichterin Marina Zwetajewa habe ich gelesen, daß ihre erste Dichterlesung in Paris am 6. Februar 1925 stattfand, und in der Zeitungsankündigung steht, daß außer ihr noch drei Musiker auftraten, Madame Cunelli sang alte italienische Lieder, Professor Mogilewski spielte Geige und V. E. Byutsov Klavier. Das war erstaunlich. Madame Cunelli, die mit Vornamen Nina hieß, war eine Freundin meiner Mutter. Sie hatten bei derselben Gesangslehrerin gelernt, bei Madame Kedrov in Paris, und dann landete Nina Cunelli im Lauf des Zweiten Weltkriegs irgendwie in Belgrad, wo sie mir russische und französische Kinderlieder beibrachte, die ich immer noch kann. Ich erinnere mich, daß sie eine schöne Frau war, ein wenig älter als meine Mutter, und daß sie das Land nach Kriegsende verließ.

»Dein Vater hat es nicht ernst genommen«, sagte mir meine Mutter immer wieder, während ich aufwuchs. Sie sagte, daß er seine Zeit in Kneipen vertrödelte, sang und Radau machte. Ihrer Ansicht nach ein Mann mit gutem Herzen, aber völlig unzuverlässig. Er konnte die Wohnung verlassen, um an der Ecke ein Bier zu kaufen, und zwei Tage lang fortbleiben. Als das zum ersten Mal passierte, verlor sie ihren Verstand vor Sorge und Ärger, aber dann gewöhnte sie sich daran. Er betrank sich dermaßen und war so erledigt, daß er buchstäblich auf allen vieren nach Hause krabbeln mußte. Mit seinem teuren Anzug, seinem feinen italienischen Filzhut und den englischen Schuhen – was für ein Anblick! Alle Nachbarn steckten die Köpfe aus den Fenstern und hatten ihren Spaß. »Da kriecht Georges Simic zu seiner Frau zurück«, sagte jemand, und alle lachten. Das tat ich auch, als ich die Geschichte hörte, was meine Mutter wütend machte. »Du wirst enden wie dein Vater«, war ihre Ansicht.

Oder noch schlimmer, ich konnte enden wie einer der Brüder meines Vaters. Es waren drei, und für meine Mutter war nur der jüngste in Ordnung, Boris, der Opernsänger werden wollte. Der älteste, Mosha, war schlicht und einfach kriminell. Der mittlere, Mladen, war trotz seines Charmes im Grunde ebenfalls ein Gauner. Seine beiden Schwestern waren Weibsstücke. Mein Großvater war ein böser Alter; meine Großmutter väterlicherseits war eine ungebildete, abergläubische Bäuerin.

Das bedeutete, daß ich die Familie meines Vaters kaum einmal sah. Wenn ich jemals dorthin ging, dann allein und mit reichlich Warnungen, nicht zu beachten, was sie sagten. Meinem Großvater machte es zum Beispiel Spaß, respektlose Bemerkungen zu machen. Er machte sich lustig über Pfarrer, Politiker, serbische Volkshelden – über alles, was jedem heilig war. Hier eine Geschichte von ihm, die mir gefällt.

Als er an Diabetes erkrankt und ihm bereits ein Bein bis zum Knie abgenommen worden war und die Ärzte schon ankündigten, mit dem anderen Bein dasselbe tun zu müssen, kam morgens immer um dieselbe Zeit sein alter Freund Savo Lozanic, um ihm Gesellschaft zu leisten. Sie tauschten Erinnerungen über dies und jenes aus und hatten manchmal etwas zu lachen.

Eines Morgens ließ meine Großmutter meinen Großvater im Haus allein, weil sie zur Beerdigung einer fernen Verwandten gehen mußte. Das brachte ihn auf eine Idee. Er hüpfte aus dem Bett und in die Küche, wo er

Kerzen und Streichhölzer fand. Er stieg wieder ins Bett, stellte eine Kerze am Kopfende auf und die andere am Fußende und steckte sie an. Zuletzt zog er sich das Laken übers Gesicht und wartete ab.

Als sein Freund Savo klopfte, kam keine Antwort. Da die Tür nicht abgeschlossen war, trat er ein und rief den Namen meines Großvaters. Niemand in der Küche. Eine fette graue Katze schlief völlig unbekümmert auf dem Eßzimmertisch. Als er ins Schlafzimmer trat und das Bett mit den beiden brennenden Kerzen sah, stieß er einen Klageschrei aus und begann zu schluchzen, während er sich einen Stuhl heranzog.

»Sei doch ruhig, Savo«, wies ihn mein Großvater unter dem Bettzeug hervor zurecht. »Siehst du nicht, daß ich bloß übe?«

Jedesmal, wenn ich sie besuchte, brachte mich mein Großvater zum Lachen, und meine Großmutter gab mir zu essen. Sogar sie warnten mich vor Mosha. Großvater jagte ihn aus dem Haus, als er noch in der Hauptschule war. Das war kaum zu glauben, aber jeder versicherte mir, daß das wahr sei. Mosha war ein schlechter Mensch, aber die Geschichten, die mir mein Großvater über ihn erzählte, waren sehr lustig.

Einmal hatte Mosha eine Arbeit als Straßenbahnfahrer bei der Linie, die am Haus meines Großvaters vorbeifuhr. Wenn er irgendein Familienmitglied an der Haltestelle warten sah, fuhr er durch und drohte mit der Faust. Zum Glück hielt er sich nicht lange in dieser Stelle. Eines Nachts, als die Straßenbahnen nicht mehr fuhren, nahm er seine Freundin mit zu einer Fahrt durch die dunklen, verschlafenen Straßen von Belgrad. Sie fuhren mit Höchstgeschwindigkeit, und er bimmelte ununterbrochen. Die gesamte Stadt erwachte. Er wurde gefeuert.

Ich traf Mosha zum ersten Mal, als ich zwölf war. Er war gerade aus dem Gefängnis entlassen. Als die Russen und die jugoslawischen Kommunisten Belgrad einnahmen, hatte er, der niemals irgendein wie auch immer geartetes politisches Interesse gehabt hatte, sich in einer Vorortkneipe zum Royalisten erklärt. Nicht sehr klug, so etwas zu tun. Jedenfalls war er nun in unserem Haus und erkundigte sich nach meinem Vater. Ein großer, gutaussehender Mann in einem eleganten grauen Wintermantel, der sehr höflich mit mir und meiner Mutter sprach. Überhaupt nichts von dem, was man mir über ihn erzählt hatte.

Die Familie meiner Mutter war ganz anders. Sie war das, was man »respektierlich« nennt. Man lebte in Wohnungen, die mit schönen alten Möbeln, mit Ölgemälden und dicken Perserteppichen vollgestellt waren. Man gebrauchte niemals schlimme Worte. Wenn die Kinder etwas nicht verstehen sollten, sprach man Französisch miteinander. Sie lebten in Furcht, in ständiger Furcht vor allem. Wenn ich zufällig einmal nieste, steckte mich meine Großmutter mütterlicherseits unverzüglich ins Bett. »O mein Gott! O mein Gott!« ging sie herum und rang die Hände. Sie hatte drei ihrer sechs Kinder zu Grabe getragen, so daß sie allen Grund hatte, mit dem Schlimmsten zu rechnen.

Sie hatte etwas Gezwungenes, das sich auf alles in ihrer Nähe übertrug. Sie wohnte ein Stockwerk unter uns, paßte auf uns auf und kochte oft für uns. Ich hatte sie sehr lieb. Sie war nett und zeigte ihre Liebe viel mehr, als meine Mutter es jemals gekonnt hat. Gleichzeitig war sie so unglücklich. Ihr Leben war jämmerlich gewesen. Sie hatte einen jungen Offizier geheiratet, der das meiste ihres Geldes verspielte, ihr sechs Kinder machte und sich dann im Alter von vierzig Jahren in sein Geburtsdorf zurückzog. Sie mußte um ihr Geld kämpfen, wahrte aber die äußere Erscheinung. Mein Großvater kam gelegentlich nach Belgrad zu Besuch, doch was alles Praktische betraf, lebten sie getrennt. Es herrschte eine Atmosphäre von Unwillen und tiefem Unglück.

Inzwischen steckte ich in großen Schwierigkeiten. Ohne daß es jemand wußte, hatte ich den Schulbesuch eingestellt. Meine Schule, die ich gern besuchte, wies mich eines Tages ab. Ich hatte nicht mitbekommen, daß man die Schulbereiche neu geordnet hatte, und an dem Tag, an dem ich in die sechste Klasse eintreten sollte, hieß es, ich müßte jetzt zu einer Schule am anderen Ende der Stadt gehen. Als ich mich am nächsten Tag dort einfand, hatten sie meine Unterlagen nicht. Ich wurde angewiesen, ein paar Tage zu Hause zu bleiben und am Montag wiederzukommen, wenn mein Dossier dasein würde und ich in die richtige Klasse gesetzt werden konnte. Ich kam nie wieder. Erst wollte ich nur meine Sommerferien verlängern. Ich schob den Tag meiner Rückkehr immer wieder hinaus, so daß die Wochen vergingen, bis es unmöglich war, wieder hinzugehen. Meine Mutter wußte von nichts. Ich ging jeden Morgen zur Schule und kehrte mit den übrigen Kindern am Nachmittag zurück. Mitte Januar kam schließlich jemand darauf, daß ich unentschuldigt fehlte, und schickte die Polizei zu uns.

Während das Wetter noch mild war, machte es Spaß, durch die Straßen und Parks von Belgrad zu streifen, aber dann kamen der Regen und die Kälte. Wenn ich Glück hatte und es mir gelungen war, etwas Geld aus dem Portemonnaie meiner Mutter zu stehlen, ging ich ins Kino. Sonst bibberte ich in verschiedenen Hauseingängen. Die kalten, klaren Tage waren besser. Ich durchschritt die Stadt von einem Ende zum anderen, um warm zu bleiben, und die Zeit verging schnell. Manchmal war ich so vertieft in meine Gedanken und Sorgen, daß ich über die Vororte hinaus und weit ins Land wanderte. Ich erinnere mich an einen solchen erschreckenden Augenblick, als ich mich umdrehte und in der Ferne die Stadt sah.

Das Kino hatte auch seine Schrecken. Es waren schäbige alte Filmpaläste mit roten Samtvorhängen, an denen die Ratten genagt hatten, und mit ächzenden Holzsitzen. Sie waren morgens kalt und zugig. Die Besucher waren andere Schulschwänzer, Studenten und müde aussehende Leute, die wohl in der Nachtschicht gearbeitet hatten. Sie sanken sofort in Schlaf und erwachten in der Mitte des Films, mit wirrem Blick vor Unverständnis.

Oft hatte auch ich keine Ahnung, was gespielt wurde, obwohl ich aufpaßte. Manche dieser Filme waren alt. Es war schwierig festzustellen, ob das Wetter immer schlecht oder ob der Film so alt, körnig und schlecht belichtet war, daß es nur so aussah. Die Leute auf der Leinwand redeten Französisch oder Englisch, und die Untertitel waren entweder verblaßt oder ergaben wenig Sinn. Nach kurzer Zeit gab ich es auf und schaute bloß hin. Es trat immer eine schöne junge Frau auf, in die ich mich ein bißchen verliebte und von der ich mir jede Geste einzuprägen suchte. Sonst passierte in diesen Filmen nicht viel. Leute saßen herum und redeten unaufhörlich. Wie man sich sehnte, sie einmal im Zug oder noch besser auf einem Ozeandampfer zu sehen. Manchmal gab es kurze Blicke auf fremde Städte. Straßen voller Leute, die irgendwohin hasteten. Manche waren schwarz, manche waren sogar Chinesen. Ich sah Schulen, wie es sie vor hundert Jahren gab. Orte, an die Waisenkinder geschickt wurden und wo man mit einem Stock geschlagen wurde. Ich sah diese Filme wieder und wieder, bis ich die englischen Worte aufsagen konnte, ohne sie zu verstehen, und mir jede Szene bis ins kleinste Detail vergegenwärtigen konnte. Ich brachte Stunden damit zu, diese Szenen im Geist abspulen zu lassen und mich dabei in das Leben der Helden hineinzuversetzen und ihre Abenteuer zu teilen.

Wenn das Wetter schlecht war und das Programm gleich blieb, ging ich mehrmals in denselben Film. Zum Beispiel in den italienischen Film *Fahrraddiebe.* »Zum Teufel mit der Armut«, sagt der Mann, der nach zwei Jahren Warten eine Stelle bekommen hat. Ihm wird das Fahrrad gestohlen, und es zu finden wird wie die Suche nach einer Stecknadel im Heuhaufen. »Entweder wir finden es, oder es gibt nichts zu essen«, sagt der Mann zu seinem Sohn, und da haben wir die Handlung mit einer Wucht der Unentrinnbarkeit, die einer griechischen Tragödie würdig wäre. Dieser Typ im abgewetzten Anzug und die Straßen und Gebäude der Innenstadt Roms, das sah alles so bekannt aus. Es gibt in allen großen europäischen Städten Viertel, deren Architektur sie einander beinah gleich macht. Der Ort meiner Kindheit lag zwischen solchen Wohn- und Bürohäusern des späten 19. Jahrhunderts in Belgrad. Nach dem Krieg waren sie grau und heruntergekommen, und die Mauern blätterten ab.

Dort sah ich *Fahrraddiebe* Ende der vierziger Jahre. Normalerweise interessierte ich mich nur für amerikanische Filme, besonders Western, aber die wurden in den großen Zeiten des Stalinismus nur selten importiert. Meistens sahen wir sowjetische Filme und ein paar sogenannte progressive Filme aus Frankreich und Italien. Das Traurige am sozialistischen Realismus in der Kunst ist, daß sogar ein zehnjähriges Kind seine idealisierten Charaktere und seine heilsame Botschaft hoffnungslos langweilig findet. Ich erinnere mich, daß ich mit großer Skepsis in De Sicas Film ging und überrascht war, so berührt zu werden.

Wie die Leute im Film waren die meisten Familien, die ich kannte, arm und arbeitslos und hatten wenig zu essen. Jung und alt stahl gleichermaßen. Einmal ging ich in eine Bäckerei, nahm ein Stück Brot vom Ladentisch und rannte hinaus, verfolgt von Kunden. Es gibt in der Nachbarschaft Großmütter, die mich noch immer, vierzig Jahre später, beschuldigen, zu verschiedenen Gelegenheiten einen Gartenschlauch, ein Beil oder eine Kinderkarre geklaut zu haben, und sie sind überrascht und verärgert, daß ich es immer noch abstreite. Einen Film über das Stehlen von Fahrrädern war etwas, das ich auch in diesem Alter bestens verstand.

Viel habe ich nicht mehr in Erinnerung vom ersten Sehen des Films, aber ein paar Szenen sind unauslöschlich: Der Vater und der Junge beschließen nach einem Tag der Suche nach dem gestohlenen Fahrrad, über die Stränge zu schlagen und in einer Trattoria zu essen. Am Nachbartisch sitzt ein reiches Kind im Kreis seiner Familie und ißt sorgfältig mit Messer und Gabel. Es dreht sich ständig um und sieht zu, wie Bruno sein Essen verschlingt. Es trägt die Art Kleider, die Knaben dieser

Gesellschaftsschicht auch im kommunistischen Nachkriegs-Belgrad anhatten. Wir sahen manchmal einen im Matrosenanzug an der Hand seiner Mutter auf der Straße. Sie waren immer mit ihren Müttern, sonst wären sie verhauen worden. Zunächst gab es viel gegenseitiges Mustern, ganz wie im Film.

Ich erinnere mich auch an die Bettlaken, die die Riccis versetzen, um das Fahrrad auszulösen. Regalbretter über Regalbretter voll gebrauchter Bettwäsche. Ein Mann klettert wie ein Affe die Regale hinauf, das neue Bündel dazuzulegen. Tausende von Bettlaken, in denen Leute geschlafen und sich geliebt hatten. Mehr Bettlaken, als irgend jemand jemals sah. Diese Szene hat mir jedesmal den Atem genommen, wenn ich den Film sah.

Ich bekam den Film über die Jahre noch öfters zu sehen, und jedesmal hatte ich denselben Gedanken: Das ist das grobkörnige schwarzweiße Bild von meiner Kindheit. Zum Beispiel die Straßenbahn am frühen Sonntagmorgen, wenn sie den Müllmännern folgen. Oder der Markt der Diebe im Regen. Oder der gesenkte Pferdekopf, als sie an der offenen Tür der Trattoria stehen. Die Musiker drinnen erinnern mich an die italienischen Kriegsgefangenen, die an unserer Tür um Nahrung bettelten. Der ganze Film hat die Perspektive eines Kindes. Neorealismus ist die Art eines armen Stadtkindes, die Welt zu sehen.

Man braucht keine Hamlets und Lears und ermordeten Präsidenten, um Tragik zu erfahren. Dieser Antonio mit seinem sonnengegerbten Bauerngesicht hat ein vornehmes Wesen, eine Güte und ein tiefes Empfinden kosmischer Ungerechtigkeit, der eines Königs in einer griechischen Tragödie würdig wäre. Und genauso seine Familie! Sein Sohn ist ein aufgeweckter, sensibler Junge.

Er ist das Gewissen seines Vaters, wird uns gesagt, und er ist auch unseres. Und ebenso ist es die Mutter mit ihren traurigen Augen. Auch sie versteht alles. De Sica ist mit diesen Leuten nicht sentimental. Sie sind keine Engel. Seine Kunst besteht darin, sie zu erkennen und sie bis ins Detail treffend zu zeigen.

Was Erinnerung und Kunst haltbar macht, sind die Einzelheiten – oder die Poesie der Einzelheiten, müßte ich sagen. Antonio und Maria, die mit dem Fahrrad in der Abenddämmerung vom Pfandhaus kommen, als seien sie ein junges Liebespaar. Das kleine Kind, das Akkordeon spielt, und sein bettelnder Kamerad, während Antonio das Plakat mit Rita Hayworth anbringt. Der Perverse, der Bruno auf dem Fahrradmarkt eine Klingel kaufen will. Die plappernden deutschen Seminaristen, die sich beim Regen mit Antonio und Bruno unterstellen. Die Suppenküche, wo die Reichen die Seelen der Armen von Sünde reinigen, bevor sie ihnen Pasta und Kartoffeln ausgeben. Der Vater, der seinen Sohn mit einem Bleistiftstummel auf einem Papierfitzel ausrechnen läßt, wieviel er bei der Arbeit verdient haben würde, die er gerade verliert.

Jede der Szenen ist nicht nur visuell interessant, sondern jede enthält auch eine Art Klugheit. Zum Beispiel die Töpfe auf dem Herd in der Küche des Diebs, um die die Mutter viel Aufhebens macht. Man merkt schnell, daß diese Leute noch ärmer als die Opfer sind! Und trotzdem erscheint nichts daran aufgesetzt noch vermittelt es eine »Botschaft«. Man schaudert beim Gedanken, wie die Amerikaner diesen Film gemacht hätten! De Sica weiß, daß die Armen eine Diebsbande sind, aber er weiß auch, daß es große Unterschiede zwischen Dieben gibt. »Der Junge könnte keiner Fliege was zuleide tun«, sagt jemand über den Dieb, und die Zuschauer lachen.

Als Antonio beschließt, ein Fahrrad zu stehlen, verstehen wir seine Überlegung. Ich brauche ein Fahrrad, um meine Familie zu ernähren, und hier sind so viele Fahrräder vor dem Fußballstadion, wo ein Spiel soeben zu Ende geht. Eine große Einstellung von Vater und Sohn auf dem Kantstein sitzend, die Menge fröhlicher Gesichter, nachdem ihre Mannschaft gewonnen hat. Wir wissen, daß es Antonio mißlingen wird, und so kommt es. Es sind zu viele Leute dabei. Mit dem ersten Ausruf »Dieb« wird er vom gestohlenen Fahrrad geholt. »Da bringen Sie Ihrem Sohn aber was Schönes bei!« sagt jemand in der Menge. Doch was genau wird er seinem Sohn angesichts ihrer Erfahrung beibringen? De Sica vermeidet jedes klare Resümee. Am Ende des Films gehen Vater und Sohn mit Tränen in den Augen Hand in Hand. Sie haben füreinander ihre Liebe, aber sonst kaum etwas. Doch was für eine Liebe ist das!

Bestimmt hat eine Menge Marias im Zuschauerraum die Tragödie als die Konsequenz dafür gesehen, daß die Frau die Wahrsagerin nicht bezahlt hat für die Vorhersage seiner Anstellung. Antonio hegt auch diesen Verdacht, und deshalb geht er noch einmal zu der Frau in dem überfüllten Schlafzimmer, wo jeder den Nöten des anderen zuhört, um nach dem gestohlenen Rad zu fragen. Er bezahlt sie, aber nun ist es zu spät. Die Wahrsagerin sagt und wiederholt: »Entweder findest du es jetzt oder nie«, und wir verstehen, daß sie nicht nur das Fahrrad meint, wenn sie durch das Fenster sieht, hinter dem Rom und die ganze Welt liegen.

Meine eigene Lage war verzweifelt. Ich konnte noch nicht einmal mit meinen engsten Freunden darüber reden. Aus irgendeinem Grund waren sie noch in der alten Schule. Sie wußten nicht, was ich machte. Ich mußte mein Schulleben vorschützen und mir dazu komplizierte Lügen ausdenken. Tatsächlich log ich die ganze Zeit. Es war eine Erleichterung, als sie mich erwischten und offiziell wegen Schwänzerei hinauswarfen.

Alles in allem, was für ein Abenteuer! Ich kannte jede Ecke, jedes Schaufenster dieser Stadt. Ich sehe noch immer deutlich jeden staubigen Gegenstand in dem ärmlichen Fenster eines Flickschusters in einer stillen Wohngegend. Jedesmal, wenn ich in der Gegend war, verweilte ich vor dem Fenster und begutachtete es mit der Muße eines Menschen, der sonst nichts zu tun hat.

Einmal, als ich in dies Fenster schaute, sah ich in der Spiegelung des Glases meine Mutter auf der anderen Straßenseite vorbeieilen. Ich hielt den Atem an und fuhr fort, die Holzschuhe und die Schuhcremedosen zu mustern, von denen ich irgendwie wußte, daß sie leer waren. Sie hatten einen ausländischen Markennamen. »Kiwi«, sagte ich zu mir und wiederholte dies Wort noch mehrere Male.

»Eines Tages gehst du nach Amerika, um bei deinem Vater zu leben«, sagten mir Leute. Ich glaubte das keinen Moment lang. Es schien nicht möglich, daß ich jemals diese Straße verlassen könnte, dies staubige Ladenfenster, wo meine Mutter gerade vorbeigegangen war. Ich hatte Angst, mich umzudrehen. Es war gut, zu bleiben, wo ich war.

Im Rückblick bin ich froh, daß ich nach Amerika gelangt bin. Wäre ich geblieben, wäre ich schließlich in einem Erziehungsheim gelandet. Einigen meiner Freunde erging es so. Ich war bestimmt nicht besser. Als ich im folgenden September wieder zur Schule ging, eine Klasse unter meinen alten Klassenkameraden, haßte ich die Schule. Ich wußte, es war nur eine Frage der Zeit, wann es wieder Ärger geben würde.

Im Sommer wurde ich gewöhnlich zu meinem Großvater aufs Land geschickt. Dies war der Vater meiner Mutter, der ein Haus und einen großen Obstgarten in dem Dorf besaß, aus dem er stammte. Er lebte dort die meiste Zeit allein und versorgte sich, so gut er konnte. Als ich ihn kennenlernte, war mein Großvater fast dreißig Jahre in Rente gewesen. Er war ein vornehm aussehender, eitler und humorloser Mann. Sein Vater war Bischof. Er selbst war Offizier und hatte sich 1905 an der Ermordung eines serbischen Königs beteiligt.

Mit anderen jungen Offizieren brach er in das königliche Schlafgemach ein und fand den König und die Königin im Schrank oder unter dem Bett versteckt – wo genau, habe ich vergessen. Der König bat um Gnade, bot Gold an und Beförderungen. Mein Großvater hat sie nicht richtig erschossen, wurde in der Familie erzählt, aber wer zum Teufel weiß das! Am nächsten Tag wurde er vom neuen König zum Hauptmann befördert.

Seine militärische Laufbahn war kurz und bemerkenswert. Im Ersten Weltkrieg wurde er zum Oberst ernannt, nachdem er seine Truppe in einer verschneiten Nacht zu einem Angriff geführt hatte. Er sagte, ihm sei in seinem Zelt kalt gewesen, er konnte nicht schlafen und wollte sich aufwärmen, indem er einen Angriff führte.

Als der Krieg zu Ende war, schickte ihn der König mit vierzig in Pension. Wollte den Hitzkopf nicht in der Nähe haben. Behielt ihn auch im Auge. Zu Polizeispitzeln angeleitete Dorfbauern beobachteten ihn beim

Nickerchen unter der gewaltigen Eiche in seinem Hinterhof. Er trug einen Strohhut und einen weißen Anzug und benutzte einen Stock, um die Dorfköter fernzuhalten.

Es war eine Qual, bei ihm zu sein. Da er ein Hypochonder war, terrorisierte er jeden mit allen möglichen Nahrungsverboten und seinem Reinlichkeitsfimmel. Was den Gesprächsstoff angeht, so waren seine einzigen Themen seine eingebildeten Krankheiten und der Klerus. Er haßte Pfarrer. Später, als seine Frau starb, ließ er keinen Geistlichen zur Beerdigung. Es war wegen seines Vaters, hieß es. Ein Saukerl ersten Ranges. In seinen Augen waren die Pfarrer so übel wie die Generäle. Abschaum der Erde.

Es gab einen Pfarrer am Ort, der in der Gegend bekanntgeworden war, weil er stets auf seinem Rappen aufkreuzte. Oft ritt er an unserem Haus vorbei und verlangsamte den Schritt, um meinen Großvater zu grüßen. Der alte Mann unter der Eiche beachtete ihn nicht. Es war mir peinlich. Überall im Dorf sahen mich die Leute merkwürdig an. Die Kinder hänselten mich mit meinem verrückten Großvater. Ich geriet sogar in ein paar Prügeleien seinetwegen. Obwohl ich dort so gut wie jeden Sommer verbrachte, hatte ich nie irgendwelche Freunde. Ich fühlte mich als Städter überlegen, und die Kinder meines Alters fühlten sich überlegen, weil sie das Landleben kannten.

Ich konnte das Ende des Sommers gar nicht erwarten. Es gab immer wichtige Veränderungen in der Hackordnung, die mich in meiner Nachbarschaft erwarteten. Man mußte wieder neu anfangen in dieser Welt. Es gab neue Ausdrücke, Umgangsworte, die man nie zuvor gehört hatte und die jeder andauernd im

Munde führte. Ich hatte Angst, zu fragen, was sie bedeuteten. Ich hörte sie täglich, gebrauchte sie auch selber, aber es dauerte Wochen, bis ich sie kannte. In der Zwischenzeit fühlte ich mich wie ein Fremder, wie ich mich so oft in meinem Leben fühlen sollte.

Was mir meine verschwiegene Mutter nicht sagte, war, daß wir gute Aussicht hatten, aus Jugoslawien hinauszukommen. Sie hatte einen Paß beantragt, nachdem sich das Verhältnis zwischen Jugoslawien und den Vereinigten Staaten so weit gebessert hatte, daß die Kommunisten einigen wenigen Leuten die Ausreise erlaubten. Das Problem war, daß es bei den Amerikanern eine Quote gab und eine lange Warteliste für Jugoslawen, die in die Vereinigten Saaten emigrieren wollten. Man mußte bloß warten. Aber meine Mutter hatte Angst, in Belgrad zu warten, weil die Behörden gelegentlich die Meinung änderten und die Pässe einzogen. Als sie unsere Unterlagen erhielt, beschloß sie, noch am selben Abend nach Paris abzureisen. Ihr Bruder lebte dort. Wir würden bei ihm bleiben, oder er würde uns weiterhelfen, während mein Vater, der schon in Amerika war, uns Geld schicken und unterstützen würde, solange wir auf das Visum warteten.

Ich spielte in der Nachbarschaft Basketball an jenem Tag im Juni 1953, als meine Mutter mich zu sich rief und mir sagte, daß wir auf der Stelle in die Ferien führen. Das war sehr eigenartig. Vorher war kein Wort von Ferien am Meer gesagt worden. Sie packte fieberhaft und wollte, daß ich mich ebenfalls beeilte und keinen Lärm machte. »Frag nicht soviel«, sagte sie immer wieder.

»Wieso nehmen wir so viele Koffer?« wollte ich wissen. Warum kamen alle Verwandten zu uns mit Tränen in den Augen? Warum wurde mir nicht erlaubt, meinen Freunden auf Wiedersehen zu sagen? Ich war verwirrt. Meine Mutter ist verrückt geworden, dachte ich. Wir hatten reichlich amtlich nachgewiesene Verrückte in der Familie, die ihr als Vorbild dienen konnten. Meine Großtante Marina zum Beispiel, oder was sie sonst für mich war! Sie trug altmodische Kleider, sang und lächelte vor sich hin und ging nie aus dem Haus. Im Alter von zehn Jahren wußte ich, daß mit solchen Leuten etwas nicht stimmte.

Unser Zug fuhr an dem Abend um zehn Uhr ab, aber erst am nächsten Tag, als wir uns der italienischen Grenze näherten, enthüllte mir meine Mutter das wahre Ziel unserer Reise. Ich war verblüfft. Bis ich das verarbeitet hatte, waren wir in Triest, im lang ersehnten, nahezu mythischen Triest. Am Bahnhof kauften wir ein Eis. Überall um uns herum redeten die Menschen italienisch. Es schien unglaublich. Der Mailänder Bahnhof war noch größer. Ich aß ein paar Sandwiches und trank meine erste Coca-Cola. Nach und nach fing ich an, Spaß daran zu finden und mich auf das nächste Ereignis zu freuen.

Wir brauchten fast zwei Tage bis Paris. Wir waren erschöpft. Mein Onkel holte uns am Bahnhof ab. Wir wurden in ein kleines muffiges Hotel gebracht, wo wir ein winziges Zimmer mit einem großen Bett und einem Fenster bezogen. Meine Mutter und mein Bruder schliefen im Bett, ich am Boden. So lebten wir ein ganzes Jahr lang. Es war ein Schock. Ich begriff, daß wir arm waren. Am ersten Abend, als wir über die Champs-Élysées schlenderten, und viele Male danach wurde mir bewußt, daß unsere Kleider häßlich waren. Leute glotzten uns an. Meine Hose war zu kurz.

Meine Jacke war unmöglich geschnitten. Kellner in Cafés begegneten uns mit Zurückhaltung. Wir sahen aus wie Leute, die kein Trinkgeld geben. In Läden beobachteten sie uns wie potentielle Ladendiebe. Jeder war überrascht, wenn wir Geld zückten. Sogar kleine Mädchen, die am Markt Aprikosen verkauften, hielten die Scheine jedesmal gegen das Licht. Nach ein paar Wochen in Frankreich wußte ich, daß ich eine neue Identität hatte. Ich war von jetzt an ein verdächtiger Ausländer.

Meine Mutter kaufte uns keine neuen Kleider. »Ihr kriegt in Amerika alles neu«, sagte sie uns immer wieder. Das dauerte viel länger, als wir dachten. Als der Sommer zu Ende ging, war klar, daß wir noch eine ganze Weile in Paris bleiben dürften. Sie dachte, daß beste für meinen Bruder und mich wäre, die Schule zu besuchen und Französisch zu lernen. Ich hatte die Sprache in Jugoslawien gelernt und wußte gerade genug, um mich jedesmal, wenn ich den Mund aufmachen mußte, zu genieren. Für meinen Bruder war es leichter. Er war erst acht und machte sich nichts aus seiner Aussprache.

Die Schule, in die wir aufgenommen wurden, war für Kinder, die für höhere Bildung nicht vorgesehen waren. Die Franzosen sondern die Doofies in frühem Alter aus und bestimmen sie für einen ewig niederen Status. Ich kam mir auch so schon ziemlich unterlegen vor. Ich konnte noch nicht einmal auf diesem Niveau die Schularbeiten machen. Die Lehrer halfen nicht. Es war, als glaubten sie nicht wirklich, daß ich kein Französisch konnte. Womöglich tat ich bloß so und versuchte, sie zum Narren zu halten! Sie gaben mir nur Nullen. In jedem Fach, in jedem Test und jeder Klassenarbeit bekam ich null Punkte. Zuerst regte mich das auf, und ich gab mir mehr Mühe, doch die Nullen blieben, also gab ich es auf.

Meine Klassenkameraden interessierten sich nicht für mich, außer ein paar wenigen, die die Unruhestifter waren, die Klassenidioten. Mit denen freundete ich mich an, was die Lehrer in ihrer Meinung von mir bestätigte. Ich war nun einer der Hoffnungslosen. Das sagten sie mir viele Male vor der Klasse, während ich die Fliegen auf der Decke zählte und innerlich die Pros und Contras abwog, den Lehrer aufs Maul zu schlagen.

Einer der Vorteile des Schulbesuchs war für meine Mutter, daß wir dort kostenlos Mittagessen bekamen. Sonst kochten wir in der winzigen Wohnung meines Onkels oder aßen belegte Brote im Hotelzimmer. In Restaurants aßen wir so gut wie nie. Wir hatten nicht viel Geld, und meine Mutter gehörte zu denen, die sich nicht darum kümmern, was sie essen. Meine einzige Erfahrung mit französischer Küche war in der Schule. Ich hatte eine hohe Meinung von unseren Köchen, die meine Klassenkameraden nicht teilten. Sie meinten, das Essen sei für Schweine gut, was bedeutete, daß ich auch ihre Portionen zu essen bekam. Vor allem mochte ich die dicke Gemüsesuppe, die alle anderen verabscheuten. Ich kriegte drei, vier Teller davon. Das machte es schwierig, nach dem Essen wach zu bleiben. Einmal schlief ich ein und stieß gegen die Gipsstatue einer griechischen Göttin. »Simic! Simic!« Noch heute höre ich Monsieur Bertrand brüllen.

Dies Schuljahr dauerte hundert Jahre, und es regnete immer und war immer kalt! Man muß es mir nicht glauben, aber so war es. Immer grau, immer Nieseln!

Zu allem Überfluß habe ich noch eine Ohrentzündung und fürchterliche Schmerzen. Meine Mutter fährt mit mir zu einem Krankenhaus am anderen Ende von Paris, weil jemand einen Arzt kennt, der mich vermutlich gut versorgen wird. Er wird mein Trommelfell durchstechen und den Eiter auslassen. Das erzählt sie mir unterwegs. Sie kennt sich aus, denn das hat man mit ihr gemacht, als sie ein kleines Mädchen war. Sie beschreibt sogar die Länge der Nadel, die sie benutzten. Man könnte meinen, meine Mutter habe eine Ader für Grausamkeit, aber das ist es nicht. Sie ist nur dämlich.

Wir fahren mit einem Metrozug, der übervoll ist mit Leuten auf dem Weg zur Arbeit. Niemand sieht sehr glücklich aus, aber mir ist klar, daß sie nicht unter Ohrenschmerzen leiden. Sie wirken solide und haben die Arroganz von Menschen, die zu Hause sind. Dies ist ihre Stadt. Die schönen Frauen halten ihre gepuderten Nasen hoch. Da ist im Waggon ein stinkender Fremder mit dem Kopf voller Eiter.

Das Krankenhaus ist alt. Es hat eine hohe Mauer und ein bewachtes Tor, wie ein Militärgefängnis. Man sieht gleich, daß viele Menschen darin gestorben sind. Die Wände innen blättern ab, und die Böden sind dreckig. Die Schwestern sind alle schlecht gelaunt. Die Patienten im überfüllten Wartezimmer wirken resigniert. Ein paar von ihnen haben die Augen geschlossen.

Wir sitzen und warten. Ich habe große Schmerzen. Ich sitze und starre zu Boden. Dann starre ich jemandes Schuhe an. Zeit hat keine Bedeutung. So muß Ewigkeit beschaffen sein. Du beobachtest für immer und ewig ein Paar Herrenschuhe an einer alten Frau. Als wir schließlich den Arzt sehen, ist er fröhlich. Ein gutaussehender Mann, der mit den Schwestern flirtet, als wir hereinkommen. Diesmal gibt es keine Nadeln für mich, nur etwas Penizillin und Kodein. Die Jugoslawen sind ein so wundervolles Volk, versichert er uns. Er weiß es, er ist dort zu einer Art Konferenz gewesen. Er mag auch Marschall Tito. Einer der größten Führer der Erde. Wir stimmen vollkommen zu. Ja, ja, ein »homme magnifique«.

Plötzlich ist er verwirrt! Wie kommt es, daß wir das schöne Jugoslawien verlassen haben und so weiter? Meine Mutter erzählt ihm von meinem Vater in Amerika und von ihrer Sehnsucht, wieder mit ihrem Mann vereint zu sein, aber wir können beobachten, wie er nachdenkt. Sind wir so etwas wie Nazi-Kollaborateure oder Schlimmeres? Wer sonst würde Jugoslawien verlassen, das, wie jeder weiß, der Himmel auf Erden ist?

Solche Dinge kommen oft vor. Die Linken glauben, wir müssen Faschisten sein, und die Rechten, daß wir Kommunisten sind. Unsere Familiengeschichte zu erklären macht es erst recht schlimm, besonders der Teil mit meinem Vater, der während des Kriegs nach Italien abreiste, als nur Nazis reisen durften. Sogar ich muß zugeben, daß das verdächtig klingt. Unser Doktor ist nicht mehr freundlich, und auch die Schwestern mustern uns mißtrauisch.

Auf der Straße regnet es immer noch. Mein Ohr tut noch weh, aber ich bin froh, daß es nichts mit der Nadel gab. Und außerdem habe ich eine Entschuldigung, nicht zur Schule zu gehen, wenigstens für ein paar Tage.

Unser einziger Zeitvertreib in Paris war das Spazierengehen. Wir gingen sogar durch den Regen, um aus unserem winzigen Zimmer zu kommen. Sobald wir unser Abendessen beendet hatten – was normalerweise sehr früh war –, gingen wir los. Wenn das Wetter gut war, fuhren wir mit der Metro an einen entfernten Punkt und gingen von dort zurück. Jeden Tag suchten wir einen anderen Stadtteil aus. Der Gedanke war vielleicht, alles von Paris zu sehen, was wir sicherlich taten. Aber es gab Lieblingsviertel, wie das um die Oper, oder die schicken Läden der Rue Saint Honoré. Wir hatten jeder ein Lieblingsschaufenster. Wir gingen einmal die Woche zu ihnen, wie andere Leute ins Kino gingen. Es waren meistens Kleidergeschäfte und Auto-Ausstellungsräume. Einer von uns stand da und bewunderte die Auslage, während die beiden anderen ungeduldig wurden und nach einer Weile weitergingen.

Ich ging auch alleine. Spät am Abend, wenn meine Mutter und mein Bruder müde wurden, schlich ich aus dem Zimmer, angeblich, um frische Luft zu schnappen, und fing an herumzustreifen. Um diese Tageszeit ging ich immer zu den Champs-Élysées, die nicht weit weg waren und wo gewöhnlich bis spät in die Nacht etwas los war. Dort gab es natürlich viele Filmtheater und Cafés, aber es gab auch Nightclubs, von denen das Lido am berühmtesten war. Ich stand draußen und beobachtete Leute beim Betreten und Verlassen. Soweit ich wußte, konnten sie Filmstars sein. Sie trugen nachts Sonnenbrillen, was mich ungeheuer beeindruckte. Ich kaufte eine billige, die ich aufsetzte, während ich die schönen Frauen und ihre eleganten Beaus beschwipst zu ihren Limousinen stolpern sah. Ich lungerte herum, als erwartete ich, daß sie mich einladen würden. Niemand richtete je ein Wort an mich, aber das war so in Ordnung. Es war besser, als auf dem harten Hotelfußboden zu liegen und meiner Mutter und meinem Bruder zuzuhören, wie sie schnarchten und im Schlaf redeten.

Ein-, zweimal vergaß ich alles. Plötzlich war es sehr spät. Die Nacht war kalt geworden, die große Avenue war leer, und die Cafés und Filmtheater waren sämtlich geschlossen. Ich rannte nach Hause, über die Avenue Victor Hugo, die ähnlich verlassen und sehr dunkel war von den aufgereihten großen Bäumen, die das Licht der Straßenlampen abdeckten. Ich konnte nichts sehen und fror. Dann kam ich darauf, meine Sonnenbrille abzunehmen. So sah ich ein bißchen besser. Eine Straße massiger, alter Gebäude und alle Fenster dunkel. Es war ein schöner Augenblick. Ich hatte ein sehr klares Gefühl meiner selbst im Leben – allein, zutiefst bewegt.

An manchen Abenden ging ich mit einigen der schlimmen Jungen aus der Schule ins Kino. Meine Mutter ließ mich gehen in dem Gedanken, es würde mein Französisch verbessern. Sie hatte keine Ahnung, mit wem ich mich umgab. In der ersten Zeit gingen wir ins Kino. Später taten wir nur so und gingen statt dessen nach Pigalle oder zur Place Blanche, um die Nutten anzugucken. Wir fingen auch an, uns besser anzuziehen. Ich trug einen Schlips, bürstete meine Haare nieder und rauchte Zigaretten französisch, im Mundwinkel. Niemand nahm uns ernst. Wir hatten kein Geld für die Mädchen. Wir hofften auf Barmherzigkeit, Liebe auf den ersten Blick. Das Problem war, daß wir zu einer bestimmten Zeit zu Hause sein mußten. Welche Gelegenheiten sich auch immer nach Mitternacht boten, wir würden es nie herausbekommen.

Diese französischen Jungen, mit denen ich mich herumtrieb, waren sehr nett. Sie stammten aus armen Familien. Da sie sich in der Schule schwertaten, wußten sie, daß ihr Leben schwierig sein würde. Sie gaben sich darüber keinen Illusionen hin. Dafür waren sie pfiffig und hatten den Humor und die Abenteuerlust, die mich an die Freunde erinnerten, die ich verlassen hatte. Auch mit meinem beschränkten Französisch verstanden wir uns hervorragend. Sie neckten mich wegen diesem und jenem, aber es war alles freundschaftlich. Natürlich kannten sie alles, was in Paris los war.

An einem Nachmittag ging ich mit einem Freund in eine Nacktshow. Ich erinnere mich, daß wir lange darüber nachdachten, bevor wir wirklich den Mut faßten, es zu tun. Wir hatten Angst, sie würden uns wegschicken, uns hinterherlachen. Wir gingen in eins der billigsten Häuser. Niemand stellte irgendwelche Fragen. Wir fanden uns in einem beinah leeren Theater wieder. Wir saßen ganz vorn. Es gab eine Darbietung mit einer Reihe von Sängerinnen und einem Komiker. Die Frauen waren alt oder kamen uns so vor. Gewaltige Schenkel und Büsten und dazwischen massige Fettrollen. Von unseren Plätzen aus konnten wir die Drucklinien und Narben auf ihren Körpern sehen. Sie trugen diamantenbesetzte Fummel und Lendenschürze. Es war erbärmlich schlecht gemacht. Mir war es peinlich. Wir blieben nicht bis zum Ende der Vorstellung.

Das Wichtigste, was wir in Paris taten, war Englisch lernen. Meine Mutter hatte herausbekommen, daß es kostenlosen Abendunterricht gab, zweimal wöchentlich, veranstaltet vom World Church Service. Wir gingen alle drei hin. Vorher kannte ich wohl kaum mehr als zehn Worte Englisch. Meine Mutter konnte es ein bißchen, aber nicht gut. Wie auch immer, wir waren in einer Klasse mit einer Menge Flüchtlinge aus ganz Osteuropa und einem sehr freundlichen amerikanischen Geistlichen als Lehrer. Ich bemühte mich sehr. Ich mochte die Sprache auf Anhieb.

Wir fingen an, die *Saturday Evening Post* und *Look* zu kaufen, um uns in Lektüre zu üben. Ich verstand wenig von dem, was ich las, aber die Bilder und Anzeigen waren sehr interessant. Die amerikanischen Farben leuchteten so. In Europa sah man nicht solche Gelbs, Rots und Oranges. Die Bilder von Kindern machten mir angst. Sie sahen so sauber aus, so glücklich. Die Mädchen hatten oft Sommersprossen. Sie lächelten viel. Jeder lächelte. Die alten Leute, die Filmstars, die Politiker, alle hatten ihren Mund von einem Ohr zum anderen gedehnt. In Frankreich lächelte niemand so. Schon gar nicht die Friseure. Ich erinnere mich an ein wie von Norman Rockwell gemaltes Umschlagbild mit einem kleinen rothaarigen Jungen im Friseurstuhl und einem lächelnden Friseur, der sich mit der Schere über ihn beugt. Die Friseure in Paris musterten mich abschätzig, wenn ich hereinkam, um mir die Haare schneiden zu lassen, was selten vorkam.

Als wir wegen der medizinischen Pflichtuntersuchung, die jedem Einwanderer zuteil wurde, zur amerikanischen Botschaft gingen, erwartete ich, daß der Arzt lächelte. Er sah grimmig aus, während er meine Brust anhörte. Ich muß sehr krank sein, sagte ich mir. Keiner dieser Amerikaner lächelte. Es war klar, ich würde abgewiesen. Mein Bruder und meine Mutter würden nach Amerika fahren, und ich würde in Frankreich bleiben und in einem überbelegten und schmutzigen staatlichen Krankenhaus an einer unheilbaren Krankheit sterben.

Wochen vergingen, bis wir die Ergebnisse der Untersuchung erhielten. In der Zwischenzeit machten wir uns Sorgen und wendeten die Seiten amerikanischer Magazine, betrachteten die Autos, die gebratenen Schinken und die üppigen Nachspeisen. Der Sommer nahte. Weiterhin machten wir unsere Spaziergänge. Eines Abends sahen wir just nach der Dämmerung auf der eleganten Avenue Victor Hugo Prinz Paul, den Bruder des toten jugoslawischen Königs. Meine Mutter ging auf ihn zu und sagte ihm, wir seien Jugoslawen. Ich erinnere einen tadellos gekleideten älteren Mann, der sich steif vor meiner Mutter verbeugte und mich nach meinem Namen fragte. Ich sah, daß es ihm so oder so egal war.

Zu jener Zeit stießen wir sowohl in Paris wie in Amerika auf berühmte Leute, die für Jugoslawiens Schwierigkeiten Verantwortung trugen, sofern wirklich irgend jemand Verantwortung trug. Hier ein Gesicht, das man aus der Zeitung beim Unterzeichnen eines Vertrags mit Hitler oder sonst irgendwem erinnerte, jetzt beim Salamischneiden in irgend jemandes Küche. Es war kaum zu glauben, daß es dieselben Menschen waren. Sie sahen gewöhnlich aus und redeten Unfug wie alle anderen. Sie erwarteten, bald zurückzukehren. Ihre Villen und Bankkonten würden wiederhergestellt. Große Menschenmengen würden sie begrüßen. »Ihr hattet recht! Ihr hattet immer recht!« würden die Menschen rufen. Es gefiel ihnen nicht, was meine Mutter und ich über Jugoslawien zu sagen hatten. Sie bestanden darauf, daß sich seit ihrer Abreise nichts verändert habe.

Ungefähr im Juni 1954 erhielten wir unsere amerikanischen Visa. Es brauchte noch einige Wochen, um unsere Überfahrt zu buchen. Der World Church Service zahlte großzügig unsere Fahrt. Wir sollten am 5. August mit der *Queen Mary* ablegen. Was für eine Aufregung! »Du wirst ein neues Leben beginnen«, sagte jeder, auch unser Metzger.

Unsere restlichen Tage in Paris zogen sich hin. Meine Mutter ging mit uns täglich ins Museum, damit wir die großartigen Kunstschätze Frankreichs in Erinnerung behielten. Wir aßen jetzt gelegentlich in bescheidenen Restaurants der Umgebung. Abends sahen wir uns amerikanische Filme zur Vorbereitung auf unsere Zukunft an.

In der Schule hatte ich alles sausenlassen bis auf Zeichnen und Musik und mied auf die Art meine Freunde. Ich schämte mich. Nach dem grauenvollen Warten auf das Untersuchungsergebnis war ich schon optimistischer, aber nicht gänzlich. Wer konnte sagen, daß ich in Amerika kein Versager würde?

IV

An dem Abend, als wir an Bord gingen, war die *Queen Mary* hell erleuchtet. Von außen war sie gewaltig und innen ein regelrechtes Labyrinth. Wir reisten in der billigsten Klasse, aber uns kamen die Unterkünfte luxuriös vor. Erst nach ein paar Tagen entdeckten wir, daß wir den Bereich unserer Klasse nicht verlassen sollten. An einer Tür hing ein Schild, auf dem das stand. Einmal stahl ich mich hindurch, ging durch die großartige Cabin Class und fand meinen Weg in die First Class. Es gab dort Läden und Restaurants, die elegant waren wie sonstwas in Paris. Ich sah Damen in so tief ausgeschnittenen Abendkleidern, daß ihnen die Brüste beinah hinausfielen, Männer in dunklen Anzügen, die Zigarren rauchten, kleine, eingebildet wirkende Kinder mit Krawatte. Ich erinnere mich an eine juwelenbehängte alte Frau im Rollstuhl, die von einer sehr schönen weißgekleideten Schwester geschoben wurde. Es dauerte nicht lange, bis mich ein Steward entdeckte und höflich zurück in die Touristenklasse wies.

Wir hatten an unserer Klasse nichts auszusetzen. Weit entfernt davon. Unsere Kabinen waren klein und ohne Fenster, aber gemütlich. Das Essen war hervorragend, und jeden Tag wurde ein neuer Film gezeigt. Jeder war freundlich und in guter Stimmung, besonders zu Beginn der Fahrt.

Einen oder zwei Tage nach unserer Abfahrt aus Le Havre gab es einen Sturm. In der Nacht ging es los. Das Schiff ächzte und rumpelte, als bräche es auseinander. Es war unmöglich zu schlafen, und viele Leute wurden seekrank. Am Morgen erschienen nur wenige zum Frühstück. Am Nachmittag, der Sturm tobte noch immer, war das Kino fast leer. Sie zeigten den Film trotzdem. Das Schiff schaukelte, die Wellen schlugen seine Seiten, aber die Menschen auf der Leinwand redeten in vollkommener Haltung weiter.

Meine Mutter war wieder in die Kabine gegangen, um sich zu übergeben. Mein Bruder und ich weigerten uns, im Bett zu bleiben. Das Essen schmeckte uns so gut, daß wir es uns nicht erlaubten, krank zu werden. Wir durchstreiften unseren Bereich des Schiffs. Es war nicht leicht zu gehen. Wir mußten uns an Wand und Reling festhalten. Nie kam uns in den Sinn, Angst zu haben. Wir saßen stundenlang in der verlassenen Lounge und beobachteten die Wellen, wie sie aufwogten und unter das Schiff glitten. Es war viel Wasser da draußen. Ausgesprochen erstaunlich. Wir kamen nicht darüber hinweg.

Am nächsten Tag ließ der Sturm nach. Der Himmel war wolkenlos. Die Schautafel vor dem Büro des Zahlmeisters zeigte den Fortgang unserer Fahrt an. Wir waren schon über die Mitte hinaus. Am nächsten Tag waren wir noch weiter. Wir fragten ständig die Matrosen, wann wir Land sehen könnten.

Das Sichten begann in der Nacht. Als wir am Morgen aufstanden, war das Land deutlich zu sehen. Wir rauschten in den Hafen von New York. Nach dem Frühstück waren alle an Deck. Wir konnten jetzt Einzelheiten an Land erkennen. Eine Straße, auf der ein Auto fuhr. Alle zeigten darauf! Danach kamen ein paar hübsche weiße Häuser. Bei einem hing sogar Wäsche zum Trocknen im Hinterhof. Dann fuhr ein Fischdampfer vorbei. Ein paar schwarze Männer standen an Deck und winkten. Schon bald waren überall kleine Schiffe. Wir konnten die Freiheitsstatue sehen. Ich glaube, es stieg ein Jauchzen auf.

Was mich verblüffte, mich sprachlos vor Aufregung machte, war der erste Anblick von Manhattan mit seinen Wolkenkratzern. Es war genau wie im Film, nur daß dies hier echt war. Die gigantische Stadt vor uns mit ihren Docks, ihren großen Schiffen, ihrem Verkehr auf den äußeren Autobahnen, ihren Reklametafeln und Menschenmassen. Mein Vater war irgendwo da draußen und wartete auf uns. Wir versuchten, ihn ausfindig zu machen. Uns war nicht klar, daß wir wieder nach unten gehen mußten und stundenlang Einreiseformalitäten zu erledigen hatten. Mit unseren Erfahrungen beim Überschreiten von Grenzen waren wir ziemlich nervös. Man weiß nie. Was, wenn sie für uns eine Überraschung hätten und uns nach Jugoslawien zurückschickten?

Mein Vater wartete hinter dem Zoll. Ein großer Mann. Wir erkannten ihn anhand der Fotos wieder. Wir winkten. Er winkte zurück. Er trug einen weißen Anzug, unter dem wir ein blaues Hemd und Hosenträger sehen konnten. Sehr amerikanisch, dachten wir. Er rauchte eine lange dünne Zigarre und lächelte freundlich.

Dann das Durcheinander der Umarmungen und Küsse, seine Aufregung, meinen Bruder zum ersten

Mal zu sehen, die Suche nach einem Gepäckträger, das Warten auf ein Taxi, und alle reden auf einmal. Es war alles unglaublich und wundervoll! Der Dreck auf den Straßen, die Kleidung der Leute, die hohen Häuser, der Schmutz, die Hitze, die Yellow Cabs, die Reklamen und Zeichen. Nichts war wie in Europa. Es war schrecklich häßlich und schön auf einmal! Ich mochte Amerika auf Anhieb.

Im Hotelzimmer erwartete uns eine weitere Überraschung: ein Fernseher. Während sich mein Vater und meine Mutter unterhielten, saßen mein Bruder und ich am Boden und sahen ein Spiel der Dodgers gegen die Giants. Ich erinnere mich, wer spielte, weil sich mein Bruder an diesem Nachmittag in Baseball verliebte, speziell in die Dodgers, und darauf bestand, sofort mit Baseballmütze und -handschuhen ausgestattet zu werden.

An dem Abend, nach einer Runde um Times Square und Broadway, gingen wir in ein Restaurant, wo wir mit Hamburger, Pommes frites und Milkshakes dinierten, gefolgt von Bananasplits. Ich weiß nicht, was meine Mutter von dem Essen hielt, aber wir waren begeistert. Amerikanisches Essen ist Kinderessen, und kein Kind der Welt kann dem widerstehen. »Merk dir diesen Tag«, sagte mein Vater andauernd. Tatsächlich war es der 10. August 1954. Morgen würde er uns amerikanische Kleidung und Schuhe und alle möglichen anderen Sachen kaufen.

Wer konnte da schlafen? Meine Mutter und mein Bruder schon. Mein Vater und ich sahen fern und redeten. Es war noch früh. »Laß uns ein bißchen rausgehen«, sagte er. Das Hotel war nur ein paar Blocks vom Times Square entfernt. Dorthin gingen wir wieder und beobachteten die Menge. Ich fühlte mich mit meinem Vater sofort wohl. Er behandelte Jüngere nie anders. Er sprach zu jedem auf dieselbe Art. Er redete mit dem Fünfjährigen, der auf der Straße Limonade verkaufte, als wär's der Chef einer größeren Gesellschaft.

Wir landeten an dem Abend schließlich in einem Jazzclub. Er hieß *The Metropole* und war am Broadway bei der 48th Street. Ein langer enger Raum mit einer Bar auf der einen und kleinen Séparées auf der anderen Seite. Die Bühne war genau über der Bar. Sechs schwarze Musiker spielten.

Wir nahmen ein Séparée, und mein Vater bestellte Whiskey für sich und Ginger Ale für mich. Das muß auch für ihn ein besonderer Tag gewesen sein. Ich war ganz gefesselt von der Musik. Sie war viel besser als mein Radio. Es war wie im Himmel.

Wir blieben lange. Mein Vater gab mir sogar ein paar Schlückchen von seinem Whiskey. Zwischen den Musik-Sets redeten wir. Ich erzählte ihm von meinem Leben und er mir von seinem. Dies sollte erst der Anfang sein. Wir verbrachten viele Abende miteinander. Mein Vater liebte das Nachtleben. Er war in Bars und Restaurants am glücklichsten. In der Gesellschaft von Freunden und mit etwas Gutem zu essen und zu trinken blühte er auf. Es war dann die reine Freude, bei ihm zu sein. Er war voller Leben und interessanter Gespräche. Ich wollte nicht zu Bett gehen, aber schließlich mußten wir.

»Ist das wundervoll«, sagte er. Er hatte schon immer in die USA gehen wollen und bekam auch die Möglichkeit dazu, als er 1926 eine Art Stipendium für die Columbia University gewann, aber dann fuhr er zu seinem unendlichen Bedauern doch nicht, aus völlig banalen

Gründen. »Sogar im Gefängnis in Italien«, sagte er mir, »saß ich in Einzelhaft und träumte von New York.«

Eines Morgens holten ihn die Deutschen bei Tagesanbruch aus der Zelle in den Hof, und er stellte sich vor, daß sie ihn jetzt erschießen würden. Es stand da eine Gruppe bewaffneter Soldaten mit einem Offizier, aber dann kam ein Fotograf mit einem Stativ und machte eine Reihe Bilder von meinem Vater vor der Wand. Er hatte keine Ahnung, wofür.

»Vor meinem Tod will ich New York sehen«, sagte er den Deutschen, als sie ihn in seine Zelle zurückbrachten.

Mein Vater war noch bei derselben Telefonbaugesellschaft angestellt, für die er in Jugoslawien gearbeitet hatte. Ihr Hauptsitz war in Chicago, aber er verbrachte seine Zeit unterwegs. Wann immer ein Kunde mehr Telefonanschlüsse brauchte, wurde mein Vater geschickt, die Möglichkeiten zu prüfen, Pläne zu erstellen und dann dort zu bleiben, bis die Arbeit abgeschlossen war. So verbrachte er die Jahre 1950 bis 1954 damit, von einer Kleinstadt zur nächsten zu ziehen, und er blieb an jedem der Orte zwischen ein paar Monaten und einem Jahr. Er hatte kein Zuhause. Zur Zeit unserer Ankunft arbeitete er in Middletown, New York. Nachdem sein Urlaub zu Ende war, und nachdem er für uns eine Wohnung in Queens gefunden hatte, fuhr er wieder nach Middletown. Ich kam mit.

Ich sollte selbständig Englisch lernen und mich nicht vor dem zweiten Semester in die Schule einschreiben. Unter der Woche wären wir in Middletown und führen an Wochenenden nach New York. So taten wir es. Ich blieb in der Unterkunft, solange mein Vater arbeitete.

Abends gingen wir essen, und danach gingen wir entweder ins Kino oder wieder nach Hause, um zu reden und Wein zu trinken.

Mein Vater hatte viele Bücher, zwei Kisten voll. Zu dieser Zeit hatte er den Ehrgeiz, eine kritische Geschichte des Marxismus zu schreiben, so daß die meisten der Bücher davon handelten. Er las bis spät in die Nacht und machte umfangreiche Notizen. Gelegentlich kommentierte er das Projekt, wenn er mir von seinem Leben erzählte. Hier war sein Leben, dort waren Marxismus und Faschismus und alles andere. Er versuchte, das alles zu begreifen.

Seine Geschichten waren enorm unterhaltsam. Er war auch an meinen interessiert. Wir hatten viel nachzuholen. Was es für mich aufregend machte, war, daß ich erstmals in meinem Leben vollkommen offen sein konnte. Ich sagte ihm alles und umgekehrt. Wir waren beide auf unsere eigene Art sehr einsame Menschen. Die zehn Jahre, in denen wir uns nicht gesehen hatten, machten es schwierig, unser Verhältnis auf einer Vater-Sohn-Basis wiederherzustellen. Es war viel einfacher, Freunde zu sein, zu reden wie Freunde. Wenn Leute uns zuhörten, waren sie entsetzt. »Wie der Junge mit seinem Vater redet!«

Während dieser Zeit brachte er mir Englisch bei. Das erste Buch, das ich im Original las, war Whittacker Chambers *Witness.* Heute erinnere ich mich an nichts davon, aber zu jener Zeit gab es mir das erforderliche Vertrauen, es mit anderen Büchern zu versuchen. In New York verbrachte mein Vater die Samstagvormittage damit, von Buchhandlung zu Buchhandlung zu gehen. Er kaufte Bücher, und es war klar, daß ich mir auch ein paar aussuchen durfte. Ich suchte mir oft etwas heraus, das für mich viel zu schwer war. Ich las Hemingway und Twain und Gott weiß was noch! Es war ein langsamer Vorgang, weil ich eine Menge Wörter im Lexikon nachschlagen mußte, und es gab lange Passagen, die ich einfach nicht begriff. Aber ich hatte sehr viel Zeit, wenn er bei der Arbeit war.

Meine Rückkehr zur Schule machte mir angst. Es war lange her, daß ich ein richtiger Schüler gewesen war. Ich hatte kein Vertrauen in meine Fähigkeiten. Ich hatte auch keine Vorstellung, in welche Klasse ich kommen würde. Ich sah junge Leute meines Alters in die Schule gehen und schauderte. Nach meiner Art, Englisch zu sprechen, konnte jeder sagen, daß ich ein Ausländer war.

Je näher Weihnachten und der Anfang des zweiten Schulhalbjahrs kam, desto elender wurde mir. Mit meinem Vater war es immer noch sehr lustig, aber die Stimmung zu Hause war gespannt. Es war klar, daß meine Eltern nicht miteinander zurechtkamen. Die zehn Jahre Trennung und dazu ihre vollkommen unterschiedlichen Charaktere machten sie einander fremd. Was immer der eine mochte, mißfiel dem anderen. Meine Mutter hatte zum Beispiel kein Interesse an Amerika. Sie hatte schon ein paar Landsleute gefunden, mit denen sie sich traf. Über ihren Wunsch hinaus, ihr Englisch zu verbessern, so daß sie eine Arbeit finden könnte, interessierte sie nichts an dem Land. Seit mein Bruder und ich mit meinem Vater auf derselben Seite standen, gab es ständig Streit. Sie wurde eifersüchtig. »Ihr liebt mich nicht mehr«, platzte sie heraus. Wir begingen den Fehler zu sagen: »Mit ihm ist es lustiger.« Dennoch wurde eine Zeitlang der Schein gewahrt. Wir saßen um den Abendbrottisch und planten die Zukunft. Mein Bruder und ich würden aufs College gehen und so ähnlich. Ich hatte meine Zweifel, aber ich sagte nichts.

Die High-School, die ich besuchen sollte, war in Elmhurst, Queens. Meine Eltern waren dorthin gegangen, um sich zu erkundigen. Ich wurde aufgefordert, kurz vor Schulbeginn nach Neujahr zu kommen und ein paar Tests zu machen, damit ich in die passende Klasse geschickt werden konnte.

Ich konnte in der Nacht davor nicht schlafen. Mein Vater war zurück in Middletown. Es war ein windiger und bitterkalter Morgen, und der Weg von unserem Haus zur Schule war sehr lang. Bei meiner Ankunft war ich taub vor Angst und Kälte.

Wie so oft, kam es anders als erwartet. Keine Rede von Zeugnisabschriften aus Belgrad oder Paris. Das europäische Schulsystem war ganz anders, und es würde sehr schwierig sein, ein solches Dokument auszuwerten, träfe es denn jemals ein. Also machten sie es sich leicht. Sie machten einen Intelligenztest und baten mich im übrigen aufzuschreiben, welche Fächer ich in Europa gelernt hatte.

Das war einfach. Ich schrieb Dinge auf wie Algebra, Physik, Französisch, Russisch, Weltgeschichte, Biologie. Zu jedem Gebiet stellten sie mir ein paar Fragen und fanden heraus, daß wir in Paris Homer und Vergil gelesen hatten. Das reichte. Ich wurde auf der Stelle der vorletzten Klasse zugeteilt. Die ganze Geschichte dauerte nicht länger als zwei Stunden.

Ich war äußerst erleichtert. Ich hatte immer noch Vorbehalte, aber dies war ein wunderbarer Anfang. Meine Liebe zu Amerika war unendlich. Kein Monsieur Bertrand mehr mit seinen billigen Witzen auf meine Kosten. Sogar die jugoslawischen Lehrer hatten mir das Leben schwergemacht, als ich zurückblieb. Schule war nichts für Dumme wie mich, erinnerten sie mich täglich. Jahre später habe ich gehört, daß sie nicht glauben wollten, daß ich auf dem College war. »Der kleine Nichtsnutz! Verstehen die Amerikaner denn gar nichts?«

Die Schule selber war erstaunlich. Newtown High-School könnte dem Film *Blackboard Jungle* als Vorbild gedient haben. Ich hatte alle Arten jugendlicher Delinquenten in meinem Leben kennengelernt, aber nie so viele. Das war wie eine Besserungsanstalt. Die Lehrer hatten alle Hände voll damit zu tun, Disziplin zu halten. Wenn einer seinen Mund hielt, wie ich, kam er bestens durch.

Ein Fach hatte etwas mit »Hygiene« zu tun. Ich saß in der letzten Reihe und spielte mit einem schwarzen Kind Schach. Vorne stritt sich der Lehrer mit ein paar Taugenichtsen in Lederjacken herum. So ging es jeden Tag, die Hälfte der Klasse stritt mit dem Lehrer, während die anderen ihren Tagträumen nachhingen. Nie machte ich irgendeine Arbeit. Niemand rief mich auf. Ich glaube nicht einmal, daß ich überhaupt einen Funken Ahnung hatte, was ich tun sollte, also hielt ich meinen Mund. Am Semesterende wurde ich für mein Schweigen mit einem B belohnt.

In den anderen Fächern ging es mehr oder weniger genauso. In Englisch versuchte unsere Lehrerin, eine alte Dame, immer wieder, uns eine von Edgar Allan Poes Erzählungen vorzulesen. Die Klasse lieferte ihrem Verbot zum Trotz die Geräusche. Es gab unheilvoll knarrende Türen und Sargdeckel, Mitternacht schlagende Uhren und den Wind, der durch die Turmruine pfiff. Sie flehte uns an, es sein zu lassen. Als wir *Julius Caesar* lasen, war es dasselbe. Wieder Geräusche und unterdrücktes Lachen.

Einmal ging ich nach dem Unterricht zu ihr mit der Bitte, den Abgabetermin einer Hausarbeit zu verschieben und begründete die Verzögerung mit meiner Unkenntnis der englischen Sprache. »Mach dir keine Sorgen«, sagte mir die arme Frau, »ich weiß, daß du ein guter Junge bist.« Das war ich bestimmt. Ich benahm mich in der Klasse und machte meine Hausaufgaben. Die Mädchen interessierten mich, aber ich war zu schüchtern, um sie mit meinem starken Akzent auf englisch anzureden. Was die Jungen betraf, so waren viele von ihnen für Ärger geboren. Aber davon hatte ich zunächst genug. Ich hatte auch nicht die Zeit herumzuhängen. Ich arbeitete nach der Schule und den ganzen Samstag.

Ein toller Job, fand ich. Ich arbeitete für eine kleine Firma, die spezielle Schrauben für Flugzeuge herstellte. Ich half dem Lagerverwalter beim Zählen der Schrauben. Diese Schrauben waren sehr teuer, also mußte man beim Zählen übersorgfältig sein. Das war ich. Es war nicht sehr schwer, und ich wurde bezahlt. Ich kaufte einen billigen Plattenspieler und meine ersten Jazzplatten. Sonntags ging ich nach Manhattan und ins Kino. Ich fing an, mich in Amerika sehr wohl zu fühlen.

Das große Ereignis dieses Frühlings war die Anschaffung eines Fernsehers. Es war ein riesiges Modell mit einer Einundzwanzig-Inch-Röhre, mit dem mein Vater und ich eine höllische Mühe hatten, um es vom Laden nach Hause zu schleppen. Als es erst einmal angestellt war, blieb es angestellt. Wir sahen die ganze Zeit fern.

Es sei gut für unser Englisch, sagten alle. Das war es bestimmt. Ich hörte auf, Bücher zu lesen und sah nur noch fern. Alles Interessante vom Frühstücksfernsehen bis zu den letzten Filmen des Nachtprogramms. Ich glaube, mein Bruder und ich fingen beim Fernsehen an, miteinander Englisch zu reden. Wir hörten bestimmte Ausdrücke auf englisch und wollten sie unmittelbar gebrauchen.

Es überrascht mich, wie schnell wir uns in den Vereinigten Staaten zu Hause fühlten. Das hatte viel mit der Haltung meines Vaters zu tun. Für ihn war Amerika der aufregendste Ort der Erde, und er wollte uns an seiner Aufregung teilhaben lassen. Er hatte keine Lust, nach Jugoslawien zurückzukehren. Er wollte, daß wir richtige Amerikaner würden. Meine Mutter war dagegen bei der Überzeugung geblieben, die Europäer seien überlegen. Ihr fehlte Europa. Mir nicht. Dort war ich ein Versager. Hier hatte ich einen Schulabschluß zustande gebracht, ich hatte einen Job, und es wurde Sommer.

Hier noch eine Szene. Mein Vater und ich gehen die Madison Avenue hinunter, als ich in einem Laden namens The British American House einen blauen Mantel entdecke. Wir sehen ihn uns an, begutachten den Schnitt, und mein Vater schlägt mir vor, ihn anzuprobieren. Ich weiß, daß er kein Geld hat, aber er besteht darauf, zumal es gerade ein bißchen zu schneien anfängt und ich nur eine Tweedjacke anhabe. Wir betreten den Laden, ich ziehe den Mantel an, und er paßt genau. Sofort bin ich in ihn vernarrt. Wir erkundigen uns nach dem Preis, es sind zweihundert Dollar – 1959 eine Menge Geld. Schade, denke ich, doch dann fragt mich mein Vater, ob ich ihn haben will. Gibt er jetzt an vor dem Verkäufer oder hat er Geld bekommen, von dem er mir nichts gesagt hat? »Willst du ihn haben?« fragt er mich, während sich der Verkäufer um einen anderen Kunden bemüht. »Du hast kein Geld, George«, erinnere ich ihn in der Erwartung, daß er mir widerspricht oder Vernunft annimmt. »Mach dir keine Sorgen«, ist seine Antwort.

Was jetzt kommt, hat er schon öfter gemacht, und es ist mir peinlich. Er fragt nach dem Chef, und die beiden reden eine Zeitlang aufeinander ein, während ich herumstehe und warte, daß wir hinausgeworfen werden. Statt dessen geht er als Sieger hervor, und ich trage den Mantel auf die Straße. Ein geborener Hochstapler. Seine Art und Erscheinung flößten so viel Vertrauen ein, daß er mit einer kleinen Anzahlung und dem Versprechen, den Rest in ein, zwei Wochen zu begleichen, bekam, was er wollte. Das war die Zeit vor den Kreditkarten und Kreditbüros, als die Ladenbesitzer solche Entscheidungen auf der Stelle treffen mußten. Sie vertrauten ihm, und er zahlte, was er schuldig war. Das Verrückte war, daß er diese Nummer nur in den besten Läden abzog. Es wäre ihm nie in den Sinn gekommen, beim Metzger um Kredit zu bitten, und doch blieb er trotz seines dicken Gehalts oft hungrig.

Mein Vater war phänomenal verschuldet. Er borgte sich bei jeder Gelegenheit Geld und zahlte seine Rechnungen nur, wenn es sich nicht vermeiden ließ. Es war ein Klacks für ihn, die Monatsmiete einen Tag vor der Fälligkeit auszugeben. Ich lebte in der Furcht vor Vermietern und Vermieterinnen, während er sich offensichtlich niemals Sorgen machte. Wir verabredeten uns nach der Arbeit, und er schlug vor, zum Essen in ein französisches Restaurant zu gehen. Ich war dagegen, weil ich wußte, daß er soeben vorschlug, seine Miete auszugeben. Er schwärmte von den verlockendsten Einzelheiten der Speisen und Weine, und ich erinnerte ihn weiter an die Miete. Er erklärte mir langsam, bis ins kleinste Detail, als wäre ich schwer von Begriff, daß man sich nie Sorgen um die Zukunft machen dürfe. Nie wieder werden wir so jung sein wie heute abend, sagte er. Wenn wir schlau sind, und das sind wir, werden wir morgen schon was finden, die Miete zu bezahlen. Wer konnte am Ende nein sagen? Ich niemals.

Dann erlebten wir eine weitere Überraschung. Meines Vaters Antrag, dem Hauptsitz der Firma zugeordnet zu werden, von dem er nicht erwartete, daß ihm stattgegeben würde, kam plötzlich durch. Wir zogen um nach Chicago. Von jetzt an würden wir zusammen wohnen, ihn immer sehen und ein normales Leben führen. Ich war nicht richtig froh darüber, wieder entwurzelt zu werden, und meine Mutter auch nicht. Sie hatte Bedenken, New York zu verlassen, wo es mehr Möglichkeiten gab, im Musikgeschäft Arbeit zu finden. Sie versuchte, ihre Laufbahn als Gesangslehrerin wiederaufzunehmen, aber ohne Erfolg. Andererseits wollte sie ein geregeltes Familienleben. Es gab keine wirkliche Wahl. Es wurde beschlossen, daß mein Vater und ich zuerst gingen und eine Wohnung suchten, und daß meine Mutter und mein Bruder nachkommen sollten.

Im späten Juni 1955 fuhren wir mit dem Zug namens *The Twentieth Century* nach Chicago. Wir reisten stilvoll, schliefen in Pullmanliegen und aßen im herausgeputzten Speisewagen. In Chicago nahmen wir ein Zimmer im eleganten *Hotel Drake* an der Michigan

Avenue. Der See war gleich unter unserem Fenster. Es gab einen Strand, an den wir gehen konnten, und viele schöne Restaurants und Nightclubs in der Umgebung. Während der ersten beiden Wochen genossen wir unser Leben und dachten nicht daran, nach einer Wohnung zu suchen. Als meine Mutter anrief, sagten wir ihr, es sei schwierig, die Stadt sei riesig und so weiter.

Wieder redeten und redeten mein Vater und ich. Ich fing an, durch diese Abendgespräche ein viel klareres Bild von unserem Familienhintergrund zu bekommen.

Mein Urgroßvater Philip zum Beispiel war Hufschmied in einem kleinen Dorf in Serbien gewesen. Meine Urgroßmutter war im Kindbett gestorben, und er kümmerte sich selber um Sohn und Tochter. Es scheint, als habe er keine Verwandten in der Gegend gehabt. Früher war sein eigener Vater, oder sein Großvater, aus Montenegro nach Serbien gewandert. Mein Vater war sich nicht sicher.

Ich mochte diese Geschichten von meinem Urgroßvater, eine vor allem! Wie er eine Zeitlang keine Steuern bezahlt hatte und wie eines Tages die Polizei anrückte, um ihn festzunehmen. Er flehte sie an, ihn nicht abzuführen und seine Kinder zu Waisen zu machen. Wie wäre es mit einer Teilbeschäftigung bei der Polizei, habe er vorgeschlagen, oder als Abgeordneter oder sonst etwas, so daß er ein bißchen Geld nebenbei verdienen und seine Steuern bezahlen könnte?

Da die Polizisten aus dem Dorf waren und Philip kannten, hatten sie Mitleid mit ihm. Er trat in den Dienst der Polizei. Ihm wurde ein Gewehr ausgehändigt, und er erhielt sogar einen kleinen Vorschuß auf sein Gehalt. Ihm flossen Tränen der Dankbarkeit, alle waren gerührt, und nach vielem Händeschütteln ging

Philip. Er ging geradewegs zur Kneipe, wo er drei Tage mordsmäßig tobte. Als er seinen Verstand vollkommen verloren hatte, ließ er die Kellner mit vorgehaltenem Gewehr vier Tische hinaustragen. Dann ordnete er an, die Tische einen auf den anderen zu stapeln mit einem Stuhl und einer Flasche Schnaps obendrauf. Dahinauf kletterte er, betrunken, wie er war. Inzwischen hatte sich eine Menge angesammelt. Es waren auch Zigeuner da, die fidelten und ihre Tamburine schlugen. Als er anfing, in die Luft zu schießen und zu schreien, daß kein Simic jemals ein dummer Bulle werden würde, tauchte die Polizei auf. Die Polizisten prügelten ihn grün und blau und warfen ihn ins Gefängnis.

Philips Sohn, mein Großvater Zika, ging noch als junger Mann nach Wien und Prag, um den Handel mit Werkzeug und Gußformen zu erlernen. Nach seiner Rückkehr kurz vor Ausbruch des Ersten Weltkriegs und im Verlauf der Jahre war er einer der besten Handwerker auf diesem Gebiet in Belgrad. Zur Zeit des Kriegs waren seine Talente so gefragt, daß er für eine Weile sogar wohlhabend war. Vom Temperament her war er veranlagt wie sein Vater. Er konnte kein Geld bei sich behalten. Er verabscheute Werte und Einrichtungen der Mittelklasse. Politiker, Priester und Schullehrer waren auf seiner Liste verachtenswerter Wesen. Er hatte mit meinem anderen Großvater absolut nichts gemeinsam, aber in diesem Punkt stimmten sie überein. »Ich mag nur Kellner«, hörte ich ihn einmal sagen.

Trotz allem heiratete er die Schwester eines Schullehrers. Radojka, die Mutter meines Vaters, gebar Zika vier Kinder und starb an der Schwindsucht, als mein Vater zwölf war. Da er der Älteste war, nahm er sich der Jüngeren an. Sogar in den letzten Tagen seines Lebens, als er im Krankenhaus in Dover, New Hampshire, im Sterben lag, sprach mein Vater oft von seiner Mutter. Sie sang schön und spielte »alle Instrumente«, wie er es ausdrückte. Er erinnerte sich noch an die Lieder, die sie ihm beigebracht hatte, und versuchte, mit Tränen in den Augen, sie zu singen:

Drei Wiesen und kein Schatten irgendwo
Drei Wiesen und nur ein alter kahler Birnbaum ...

Ich vergesse die genauen Worte, er dagegen vergaß sie nie. Er hat nie ihren Tod verwunden. Seine Trauer um sie und ihr kurzes, glückloses Leben war für ihn siebzig Jahre später größer als der Gedanke an sein eigenes, unmittelbar bevorstehendes Verlöschen, das er mit einer Art distanziertem Amüsement hinnahm.

Das Verhältnis zu seinem Vater war komplexer. Er sagte mir oft, er wolle nicht ein Saukerl sein, wie sein Vater es für ihn gewesen war. Und dann erzählte er mir eine Geschichte, wie sie zusammen trinken gingen und den Zigeunern zuhörten, und es kam sehr viel Liebe zu seinem Vater zum Ausdruck. Alle Kinder Zikas – und es gab noch zwei weitere aus einer anderen Ehe – empfanden diese Haßliebe für ihren Vater.

Wie auch immer, mein Vater und ich führten in Chicago ein herrliches Leben. Jeden Abend sagten wir uns, daß wir ab morgen nach einer Wohnung suchen würden, aber nie taten wir es – jedenfalls nicht, bis meine Mutter uns in Kenntnis setzte, daß sie komme, um uns bei der Suche zu helfen. Inzwischen wurde meinem Vater das Geld knapp. Er sollte die Arbeit bald wiederaufnehmen, aber der erste Gehaltsscheck würde nicht gleich kommen, und seine Ersparnisse waren weg.

Eines Morgens suchte er ein Leihinstitut auf, wo er ein riesiges Darlehen ertrotzte. Uns blieben noch ein paar Tage bis zur Ankunft meiner Mutter, und wir verbrachten sie mit Feiern. Die Art, wie mein Vater den Kellnern Trinkgelder gab und Bücher und Kleider für uns kaufte, ließ voraussehen, daß er bald wieder pleite sein würde. Er gab einem Kellner zehn Dollar, als er mit der Karte an unseren Tisch kam, und bat ihn, die Gedecke wegzunehmen und uns statt dessen eine Flasche guten Wein zu bringen und uns nicht zu behelligen, bis wir ihn riefen.

Diesen Leichtsinn von ihm fand ich anziehend und zugleich zum Verzweifeln. Jahre später in New York gaben wir einmal unsere Monatsmiete für ein Essen in einem französischen Restaurant aus. Es war ein teures und modisches Lokal. Wir wurden ohne viel Aufhebens an einen winzigen Tisch im Hintergrund geführt, wo wir die Aperitifs, den Hauptgang und einige Flaschen Wein ziemlich schnell und gedankenlos verputzten, ganz versunken in ein kompliziertes Gespräch. Als der eingebildete Kellner uns die Rechnung vorlegte, wurde uns beiden unmittelbar klar, daß 1) die Bedienung miserabel gewesen war, 2) wir zuviel geredet und nicht wirklich gekostet hatten, was wir aßen und tranken, 3) wir keinerlei Eile hatten, irgendwohin zu gehen. Ohne ein Wort zu wechseln, wußten wir den nächsten Schritt. Mein Vater setzte den Kellner in Kenntnis, daß wir anstelle eines Nachtischs gerne das ganze Essen noch einmal hätten, angefangen mit den Aperitifs und dem Weißwein. »Das Ganze noch einmal.« Ich sagte es ihm auch, damit sicher war, daß er begriff. Der Kellner ging weg, kam verwirrt zurück und bat uns, zu wiederholen, was wir gesagt hatten. Das taten wir und fuhren mit unserem Gespräch fort. Das Essen kam, und wir aßen es mit um so größerem Appetit. Inzwischen leerte sich das Lokal. Die Kellner standen im Gastraum herum und beobachteten uns aufmerksam. Der Chef und der Koch kamen schließlich mit einer Flasche guten Cognac. »Dinieren Sie immer so?« wollten sie wissen. »Nur wenn wir hungrig sind«, versicherte ihm mein Vater.

Traurigkeit und gutes Essen passen nicht zusammen. Die alten Weisen wußten, daß Wein die Zunge löst, daß man aber auch mit der besten Flasche melancholisch werden kann, besonders, wenn man älter wird. Dagegen stellt sich unmittelbar mit dem Essen Zufriedenheit ein. Eine *Paella*, eine *choucroute garnie*, ein Topf *tripes à la mode de Caen* und so viele andere Speisen ländlicher Herkunft versprechen Freude. Das beste Gespräch findet bei einem solchen Essen statt. Poesie und Weisheit gesellen sich dazu. Die echten Musen sind Köche. Solange eine Küche in Betrieb ist, bleiben ihr Hund und Katze erhalten. Der Himmel ist ein Topf Chili, der auf dem Herd köchelt. Sollte ich von den glücklichsten Tagen meines Lebens schreiben, würden viele davon mit Essen und Wein und einem Tisch voller Freunde zu tun haben.

Homer schrieb nie mit leerem Bauch.

Rabelais

Man könnte eine Autobiographie zusammenstellen, die jede bemerkenswerte Mahlzeit, die man erlebt hat, erwähnt. Das wäre vermutlich eine sehr angenehme Lektüre. Was hätten Sie denn lieber? Die Beschreibung eines ersten Kusses oder eines perfekt zubereiteten gefüllten Kohls?

Ich erinnere mich jedenfalls besser an meine großen Essen als an meine großen Gedanken. In besonders lebendiger Erinnerung habe ich die längst vergangenen Tage zwischen 1944 und 1949 in Jugoslawien, als wir fast verhungerten. Der Schwarzmarkt blühte. Frauen tauschten Trauring und Seidenwäsche gegen Schinken. Manchmal lud uns jemand zu einem geheimen Festessen ein an einem Tag, an dem alle andern Hunger hatten.

Als ich begriff, daß Essen mehr war, als nur sich vollzustopfen, war ich neun Jahre alt. Ich aß Dobrosav Cvetkovičs *burek*, und ich kann es noch immer sehen und schmecken, wenn ich die Augen schließe.

Burek ist eine Art Pastete, die aus Blätterteig gemacht und entweder mit durch den Wolf gedrehtem Fleisch, mit Käse oder mit Spinat gefüllt wird. Das wird überall im Nahen Osten und auf dem Balkan gegessen. Wie heutzutage Pizza ist es normalerweise gut, egal wo man es erhält, aber es kann auch ein Kunstwerk sein. Mein Vater erzählte, daß der Bürgermeister und seine engen Freunde Dobrosav von der Polizei suchen ließen, als er aus seiner Bäckerei in Skopje in den Ruhestand gewechselt war. Die Bullen brachten ihn in Handschellen zurück! »Dobrosav«, sagten sie ihm beim Besuch im Gefängnis, »wie kannst du uns nur so etwas antun? Mach uns wenigstens noch einen letzten *burek*, und dann kannst du gehen, wohin immer dein Herz begehrt.«

Ich habe diesen berühmten *burek* vor 44 Jahren an einem kalten Wintermorgen bei Schneefall gegessen. Dobrosav bereitete ihn trotz Verbots in seiner Küche und verkaufte ihn an ausgesuchte Kunden, die an seine Tür klopften und eintraten wie ausländische Freier, die nach einer Bekanntschaft suchen. Der Tag, an dem ich sein Gast war – um meines lieben Vaters willen, der so gut zu Dobrosav war –, kam der *burek* mit Fleisch. Ich aß jeden fettigen Krümel, der aus meinem Mund auf den Tisch fiel, während mich der alte Dobrosav musterte, wie eine Katze einen Vogel im Käfig mustert. Er wollte meine Meinung wissen. Ich begriff, daß er nicht Quatsch machte. Dobrosav wußte etwas, das andere *burek*-Bäcker nicht wußten. Ich glaube, ich habe ihm das gesagt. Das war mein erster Ausbruch von Leidenschaft gegenüber einem Koch.

Dann meine Tante, Ivanka Bajalović. Jedesmal, wenn ich meinen Teller auswischte, schüttelte sie traurig den Kopf. »Eines Tages«, sagte sie mir dann, »werde ich so viel zu essen machen, daß du es nicht aufessen kannst.« Bei meinem Appetit jener Tage schien das unmöglich, aber sie schaffte es! Sie fand einen riesigen Topf, der sonst zum Seifensieden diente, und füllte ihn mit Bohnen, die genügt hätten, »eine Armee zu füttern«, wie die Nachbarn sagten.

Alle Serben, egal welchen Geschlechts und Alters, haben ihre eigene Ansicht, wie diese Speise zubereitet werden sollte. Manche mögen es dicker, andere suppiger. Zwischen diesen beiden Extremen liegen viele Nuancen. Fast alle tun Speck, Schweinerippen, Wurst, Paprika und Pfeffer hinein. Es hat mit der Klasse zu tun. Die Oberen machen es leicht, die Unteren fett. Meine Tante, die in London aufwuchs und bis heute Englisch mit britischem Akzent spricht, bereitete sie wie die Frau eines Holzhackers, scharf gewürzt.

Mein Onkel war eins dieser Naturwunder, die jeder beneidet: ein magerer Typ, der den ganzen Tag lang essen konnte und nicht zunahm. Leider muß ich gestehen, nicht mehr zu wissen, wieviel wir an jenem Tag tatsächlich aßen. Zwischen drei und fünf vollen Tellern kommen der Sache nahe. Es waren europäische Suppenteller, hübsch und geräumig, die ganze Ladungen Bohnen faßten. Es war ein Sommernachmittag. Wir aßen auf einer großen Terrasse, unter den Blicken neugieriger Nachbarn, die mitzählten. An einem bestimmten Punkt, erinnere ich mich, rutschte ich einfach von meinem Stuhl auf den Boden.

Ich sterbe, kam es mir. Mein Onkel füllte noch den Löffel und hatte das Gesicht tief über dem Teller. Es trat etwas wie Stille ein. Anfangs redeten alle und alberten miteinander, dann war meine Tante müde und hatte sich hingelegt. Es waren noch viele Bohnen übrig, aber ich konnte nicht mehr. Ich konnte mich nicht rühren. Schließlich taumelte sogar mein Onkel ins Bett, und ich blieb allein unter dem Tisch sitzen, bei unerträglicher Hitze im Sonnenuntergang, den Verstand vernebelt, und stellte mir vor, daß ein Schwein sich so fühlen müßte.

Am 9. Mai 1950 bat ich alle Verwandten, mir zum Geburtstag Geld zu geben anstelle von Geschenken. Ich verbrachte den gesamten Tag damit, mit einem Freund von einer Konditorei zur nächsten zu gehen. Wir aßen enorme Mengen Sahnewindbeutel, Puddingrollen, *dobos torta*, Rumkugeln, Pischingertörtchen, Mohnstrudel und anderes Wiener und ungarisches Backwerk. Gegen Abend war kein Geld mehr übrig. Wir drückten uns in der Bahnhofsgegend von Belgrad herum, als ein

Mann außer Atem mit einem großen Koffer an uns vorbeikam. Er fragte, ob wir ihm den Koffer zum Bahnhof tragen könnten, und wir waren einverstanden. Der Koffer war sehr schwer und machte Lärm, als sei er voller Silber oder Einbruchswerkzeug, aber wir schafften es irgendwie, ihn in den Zug zu bekommen. Dort überraschte er uns mit einer noblen Bezahlung. Ohne Zögern gingen wir kurz vor Ladenschluß noch einmal zu unserem Lieblingsbäcker, dessen Verkäuferin uns entsetzt ansah, als wir noch mehr Eis und Kuchen wollten.

1951 verlebte ich einen ganzen Sommer bei einem Dorf an der Adria. Das Haus, in dem meine Mutter, mein Bruder und ich untergebracht waren, lag ein ganzes Stück vom Dorf entfernt an einem Streifen Sandstrand. Unsere Wirtin, eine Kriegswitwe, war eine großartige Köchin. Bei ihr aß ich zum ersten Mal Tintenfisch, bei ihr begann meine lebenslange Liebesgeschichte mit Oliven. Alle ihre Fische waren mit einem bißchen Olivenöl, Knoblauch und Petersilie gebraten. So mag ich es noch immer am liebsten.

Mein Lieblingsessen war ein Teller winziger Küstenfische mit der Bezeichnung *girice* (Sardine), die in Maismehl gebraten wurden. Wir aßen sie mit den Fingern, mit Kopf und allem drum und dran. Weil es nicht gut ist, nach dem Essen zu baden, machten alle Gäste eine ausgedehnte Siesta. Ich erinnere mich an unser köstlich kühles Zimmer, die sauberen Laken, das besänftigende Rauschen des Meers, den Nachgeschmack und den Duft des Fischs und die langen Mittagsschläfchen voll erotischer Träume.

An dem Ort gab es zwei Frauen, die mir die Ruhe raubten. Die eine, eine Theaterschauspielerin aus Zagreb, im Nachbarzimmer, hatte die Gewohnheit, oben ohne in der Sonne zu liegen, wenn unser Strand verlassen war, während ich mich im Gebüsch versteckte. Die andere war die sechzehnjährige Tochter unserer Wirtin. Ich lief ihr gewissermaßen nach. Sie muß bis zum Überdruß gelangweilt gewesen sein, um einem dreizehnjährigen Jungen zu erlauben, ihr Gesellschaft zu leisten. Wir schwammen zu einem Felsen in der Bucht hinaus, auf dem wilde Trauben wuchsen. Wir lagen in der Sonne und zerdrückten blaue Trauben mit der Zunge. Und am Abend gab es ein- oder zweimal sogar einen Kuß und dann ein erlesenes Risotto mit Muscheln.

Wer zur Suppe trinken will,
dem wird's im Grabe niemals still.

Altes französisches Lied

In Paris aßen wir in der Schule zu Mittag, und das Essen war, wie gesagt, meistens ganz gut. Wir tranken sogar Rotwein. Aber die dienstags aufgetischte Gemüsesuppe war von einer ganz anderen Welt. Eine der fetten Frauen, die ich in der Küche sah, muß aus dem Süden gewesen sein, denn die Suppe hatte einen provenzalischen Beigeschmack. Aus irgendeinem Grund machten sich die anderen Jungen nichts daraus. Weil die Schulordnung bestimmte, daß man alles auf dem Teller *manger* mußte, und weil ich diese Suppe so sehr mochte, überließen mir meine Tischnachbarn die ihre. Schließlich aß ich drei oder vier Portionen dieses dicken Gebräus aus Tomaten, grünen und gelben Bohnen, Kartoffeln, Karotten, weißen Bohnen, Nudeln und Kräutern. Nach solcher Speisung sank ich gewöhnlich im Unterricht in Schlaf, um dann von einem der Lehrer grob geweckt und an die Tafel befohlen zu werden, die bereits voll Zahlen war. Ich stand verwirrt und schläfrig da, während die Zeit zur Ewigkeit wurde, und niemand rührte sich oder sagte etwas, und mein einziger Trost war der Geschmack dieser göttlichen Suppe, der sich in meinem Mund gehalten hatte.

Vor ein paar Jahren war ich in Genua bei einem feinen Empfang im Palazzo Doria und unterhielt mich mit dem kommunistischen Bürgermeister. »Ich liebe amerikanisches Essen«, plauderte er, nachdem ich gesagt hatte, daß ich die hiesige Küche mochte. Ich fragte ihn, was er meinte. »Kartoffelchips«, sagte er. Ich mußte zustimmen. Kartoffelchips sind ziemlich gut.

Im Rückblick scheint es, als sei das das einzige gewesen, was wir aßen, als wir 1954 in die Vereinigten Staaten kamen. Wir saßen vor dem Fernseher und aßen aus riesigen Tüten Kartoffelchips. Unsere Eltern billigten das. Wir lernten Englisch sprechen und Amerikaner sein. Es ist ein Wunder, daß uns heute noch Zähne bleiben. Wir besuchten den Supermarkt des Viertels zweimal täglich zur Besichtigung des *junk food*. Es gab da so viele Sachen zu kosten, und uns interessierten alle. Es gab Pökelschinken, *Marshmallows*, Dosenfleisch, Hawaiipunsch, *Fig Newtons*, Multigemüsesaft, *Mounds*, *Planter's Peanuts* und so viel anderes, alles gut. Alles war gut in Amerika, bis auf *Wonder Bread*, das fanden wir scheußlich.

Ich brauchte ein paar Jahre, um in dieser Hinsicht normal zu werden. Eines Tages traf ich Salvatore. Er sagte mir, ich äße wie ein Depp und brachte mich zu seiner Mutter mit nach Haus. Sal und seine drei Brüder hatten jeder eine gute Stellung, waren unverheiratet, lebten zu Hause und gaben Mama ihren Lohnscheck. Der Vater war gestorben, also waren nur diese vier Jungen zu ernähren. Sie hörte mit dem Kochen gar nicht mehr auf. Jede Mahlzeit war wie ein Essen zur Dorfhochzeit. Natürlich gefiel es ihren Söhnen nicht, daß die Mutter soviel Aufwand für sie trieb. »Spinnst du, Mama?« riefen sie jedesmal im Chor, wenn sie einen weiteren dampfenden Gang hereintrug. Die alte Dame zuckte nicht mit der Wimper. An dem Tag, als ich kam, war sie froh, jemand anders am Tisch zu haben, der es besser würdigte, und ich hielt mit Anerkennung nicht zurück.

Sie kochte süditalienische Speisen. Massen von Olivenöl und Knoblauch. Ich rufe mir mit einem Gefühl geschärften Bewußtseins ihre Linguine mit Anchovis in Erinnerung. Wir tranken sizilianischen Rotwein dazu. Sie stellte vor Beginn des Essens eine Reihe offener Flaschen auf den Tisch. So etwas habe ich nie gesehen. Sie log uns an und sagte, sonst sei nichts zu essen da, so daß wir mindestens zwei Portionen nahmen, und brachte dann irgendwelche Wurst mit Pfeffer und danach noch einen Braten.

Nach dem Essen blieben wir am Tisch und tranken und hörten uns alte Platten von Benjamino Gigli und Feruccio Tagliavini an. Die alte Dame war noch bei uns und nötigte uns zu ein bißchen mehr Käse und ein bißchen mehr Kuchen. Und dann, als wir dachten, sie habe es aufgegeben und sei zu Bett gegangen, überraschte sie uns mit einer Platte frischer Feigen.

Mein Vater, der es nie in seinem Leben abgelehnt hatte, bei Tisch zu helfen, hatte eine Besonderheit, die unter Gastronomen oft vorkommt. Je mehr er aß, desto mehr redete er vom Essen. Meine Mutter wunderte sich immer. Uns würde ein riesiger gebratener Truthahn auf Sauerkraut genügt haben, aber mein Vater fing an mit Erinnerungen an eine kleine Frühstückswurst, die er 1929 in einem Dörfchen an der rumänischen Grenze bekommen, oder an eine Fischsuppe, die ihm eine blinde Frau 1945 in Marseille zubereitet hatte. Na ja, sie war nicht völlig blind, und außerdem war sie hübsch – auf alle Fälle waren wir nach drei oder vier solcher Geschichten wieder hungrig. Mein Vater vertrat die Theorie, es sei ein Zeichen außerordentlicher Gesundheit, wenn man nach einem Essen im Lutece noch Hunger habe, zum Beispiel auf einen Hot dog. Wenn ein zufälliger Besucher in deinem Haus nicht drei Minuten nach seinem Eintreffen aß und trank, dann warst du schlecht erzogen. Für Leute, die sich nicht für Essen interessierten, fehlte ihm jedes Verständnis. Er befragte sie wie ein Anthropologe und war dann ernsthaft verwirrt und machte sich Sorgen. Am Ende seiner Tage sagte er mir, daß es der größte Fehler seines Lebens gewesen sei, den Rat seines Arztes zu befolgen, nach seinem 75. Geburtstag weniger zu essen und zu trinken. Er fühlte sich miserabel, bis er seine alten Gewohnheiten wiederaufnahm.

Eines Tages gehen wir die Second Avenue hinauf und reden. Wir geraten, wie so oft, in einen gehobenen philosophischen Disput. Ich komme mir vor, als hätte ich alles verstanden! Ich bin beflügelt! Ich zitiere Kant, Descartes, Wittgenstein, als ich bemerke, daß er gar nicht mehr bei mir ist. Ich schaue mich um und sehe, daß er, einen Block zurück, in ein Schaufenster starrt. Ich bin ein bißchen sauer, besonders weil ich zu ihm hingehen muß, da er sich weder rührt noch meine Rufe beantwortet. Schließlich klopfe ich ihm auf die Schulter, und er sieht mich an, verstört. »Hältst du das für möglich?« sagt er und zeigt auf einen Haufen geräucherte ungarische Würste, Salamis und Schweineschwarten im Schaufenster.

Mein Freund Mike DePorte, dessen Großvater ein angesehener Rechtsanwalt in St. Petersburg war und der in seinen Plädoyers eine dostojewskische Redlichkeit mit der Rechtsgelehrsamkeit seines Großvaters verbindet, vertritt die Ansicht, daß solche Versessenheit aufs Essen der beste verfügbare Beweis für das Vorhandensein der Seele ist. Also, lange nachdem der Körper zufriedengestellt ist, ist es die Seele noch lange nicht. »Heißt das«, fragte ich ihn, »daß die Seele nie zufrieden ist?« Er hat mir seine Antwort noch nicht gegeben. Meine eigene Auffassung ist, daß dies ein höchstes Zeichen von Glück sei. Wenn unsere Seelen glücklich sind, reden sie vom Essen.

In den fünfziger Jahren gab es in Chicago eine alte Frau mit einer Drehorgel und einem Affen. Sie drehte die Kurbel mit beiden Händen, während der Affe mit einer Blechtasse die Runde machte. Es war eine entfernt bekannte Melodie, die unsere Großmütter in ihrer Jugend hatte tiefer atmen lassen.

Die Frau sah aus, als müßte sie noch die Kuh gesehen haben, die den großen Stadtbrand von Chicago ausgelöst hat. Später heiratete sie einen Italiener mit Drehorgel. Manchmal gab er ihr einen Kuß, den Affen auf der Schulter.

Der Affe trug einen Kittel mit Messingknöpfen, den er von seinem Vater geerbt haben mußte. An diesem Tag hatten sie einen kleinen Jungen als Zuhörer, der eine von den Schellen des Affen haben wollte. Seine schöne Mutter zog ständig an seinem Arm, um weiterzugehen, aber er rührte sich nicht vom Fleck. Die alte Frau an der Kurbel hatte den Blick gen Himmel gehoben wie die Heiligen, wenn die Dämonen sie versuchen.

Drei Tage nachdem meine Mutter in Chicago eintraf, fanden wir eine Wohnung in Oak Park, einer westlichen Vorstadt. Meine Mutter trat in Verbindung mit ein paar Serben, die sie kannte, und die sagten ihr, Oak Park sei ein hübscher Platz zum Wohnen. Wir nahmen eines Morgens die Vorortbahn, kauften die Lokalblätter und hatten am Nachmittag unsere Wohnung. Sie war im oberen Stockwerk eines dreietagigen Mietshauses und hatte zwei Schlafzimmer, ein Wohnzimmer und eine ziemlich geräumige Küche. Die Gegend mit ihren baumbestandenen Straßen und Einfamilienhäusern war gut, doch die Wohnung war schlimm. In ihrer Ungeduld, eine Wohnung zu finden, hatten meine Eltern nicht bemerkt, daß Eisenbahngleise genau unter den hinteren Fenstern vorbeiführten. Alle Züge, die von der Union Station in den Westen fuhren, donnerten vorbei und schüttelten Töpfe und Pfannen und den gesamten Rest durch. Wir waren den Zügen so nah, daß wir die Leute im Speisewagen sehen konnten, wie sie von schwarzen Kellnern bedient wurden. Wir konnten beinah erkennen, was sie auf ihren Tellern hatten. Es kam meinen Eltern nicht in den Sinn umzuziehen. Ich glaube, sie hatten das Umziehen satt. Wir blieben und machten das Beste aus der Situation.

Ich kam in die Oak Park High-School. Das ist die, die auch Ernest Hemingway besuchte. Die Lehrer brachten uns das jeden Tag in Erinnerung. Meine Mutter fand eine

Stelle in Marshall Fields Warenhaus als Näherin. Mein Bruder war in der dritten Klasse. Er machte sich großartig, spielte Baseball und sprach besser Englisch als ich. Das Leben hätte normal sein können, nur daß sich meine Eltern entweder anfauchten oder tagelang nicht miteinander sprachen. Ich hatte die wenig beneidenswerte Aufgabe, zwischen ihnen zu vermitteln. In meinen Augen hatten beide recht und unrecht. Ich liebte beide, aber ich haßte es, sie unter demselben Dach zu haben.

Meine neue Schule war kein Vergnügen. Man mußte lernen, jeden Abend Hausaufgaben machen und sich vorbereiten, um in der Klasse vernünftig antworten zu können. Meine Klassenkameraden waren überwiegend Kinder von Freiberuflern und hatten das Selbstvertrauen und die Fähigkeit guterzogener junger Menschen. Sie waren sehr freundlich zu mir. Ich glaube, als einziger Ausländer an der Schule war ich etwas Besonderes. Bald fing ich an, das Leben eines typischen Kleinstadt-Teenagers zu führen. Ich ging zu Football-Spielen und hing bei den Drugstores und Hamburger-Lokalen herum, die meine Klassenkameraden aufsuchten.

Ich hatte ein paar interessante Lehrer. Mein Englischlehrer, ein Mann namens Dolmetsh, nahm sich Zeit für mich. Er merkte, daß ich ein gieriger Leser war, und versorgte mich mit Büchern. Er gab mir Joyces' *Portrait des Künstlers als junger Mann* und eine Reihe anderer zeitgenössischer Klassiker zu lesen. Ein Französischlehrer gab mir französische Dichter. Zusätzlich zu den Büchern, die ich in der Schule erhielt, entdeckte ich die öffentliche Bücherei. Ich konnte nicht glauben, daß man das Recht hatte, alle diese wunderschönen Bücher und Platten mit nach Hause zu nehmen. Ich ging fast täglich hin und holte eine neue Ladung.

Ich fing auch an, mich für Malerei zu interessieren. Ich zeichnete, aquarellierte und malte in dem Jahr sogar ein Ölbild. Das war eine wichtige Beschäftigung. Ich entdeckte moderne Kunst und ihre Ästhetik. Allerdings machte ich mir nie irgendwelche Illusionen über mein Talent und hörte mit dem Malen auf, als ich 26 Jahre alt war. Aber ein paar Sachen, die ich gemalt habe, zeigen eine ganz gute Kenntnis der amerikanischen Expressionisten und einigen Geschmack.

In der Schule zogen mich natürlich Schüler an, die sich für Kunst interessierten. Eines Tages gestanden zwei meiner Freunde, sie schrieben Gedichte. Ich bat sie, sie lesen zu dürfen. Ich war nicht beeindruckt von dem, was ich las. Ich ging nach Hause und schrieb selber ein paar Gedichte, um ihnen zu zeigen, wie man das machten müßte. Zuerst waren der Akt des Schreibens und der erste Eindruck anregend. Dann stellte ich zu meinem Erstaunen fest, daß meine Gedichte genauso blöd wie ihre waren. Ich konnte es nicht begreifen. Es veränderte meine Art, Poesie wahrzunehmen. Ich las ein paar Anthologien und versuchte, dem Geheimnis auf die Spur zu kommen. Ich versuchte noch einmal zu schreiben, aber es taugte noch immer nichts. Sicher, es fing alles damit an, daß ich meinen Freunden Eindruck machen wollte, aber dann, über dem Schreiben, entdeckte ich einen Teil meiner selbst, ein Vorstellungsvermögen und ein Bedürfnis, bestimmte Dinge zum Ausdruck zu bringen, das ich danach nicht mehr vergessen konnte.

Ich machte meinen High-School-Abschluß im August statt im Juni 1956. Mir fehlten ein paar Scheine, und ich mußte im Sommer nachlernen. Ich sollte aufs College gehen, aber wir hatten kein Geld. Mein Vater gab aus, was er verdiente, und hatte hohe Schulden angesammelt. Weder er noch meine Mutter waren sehr gut im Planen für die Zukunft. Sie hatten keinen Schimmer, was ein College kostete und welche Beihilfen es gab. Ich hatte schnell begriffen, daß ich auf mich selbst gestellt war.

Am Ende des Sommers fand ich eine Stelle als Bürojunge bei der *Chicago Sun Times* und fing an, Abendkurse an der Universität von Chicago zu besuchen. Ich nahm die Vorortbahn zur Stadt am frühen Morgen und kam spätabends zurück. Es war eine einsame Zeit. Alle meine Schulfreunde waren im College. Und meine Eltern zankten sich ununterbrochen. Die Stimmung war bedrückend. Ich war sowenig wie möglich zu Hause.

Bei der *Sun Times* lernte ich einen jungen Schreiber kennen, etwas älter als ich, der im Norden der Stadt ein möbliertes Zimmer bewohnte. Das brachte mich auf einen Gedanken. Ich mietete auch ein Zimmer. Es war im Kellergeschoß eines Mietshauses neben dem Heißwasserboiler. Ich kam an dem Abend früh nach Hause und sagte meinen Eltern, daß ich ausziehen würde. Sie waren verblüfft. Dies eine Mal taten sie sich gegen mich zusammen. Ich sei zu jung, zu unerfahren und so weiter.

Ich ließ mich nicht umstimmen. Schließlich schrie ich sie an, daß ich ihr Streiten hasse und den Klang ihrer Stimmen nicht mehr ertragen könne. Am nächsten Morgen war ich gegangen. Bald danach kamen mich meine Eltern besuchen, getrennt. Sie waren entsetzt über den Schmutz, in dem ich lebte. Ich bemerkte es nicht. Ich war glücklich.

Bei der *Sun Times* arbeitete ein Alter, der behauptete,

alles gelesen zu haben. Sein Vater war Pförtner an der Universitätsbibliothek von Urbana, und Stanley, so sein Name, fing schon als Kind zu lesen an. Zuerst glaubte ich nichts davon; dann fragte ich ihn nach Gide, den ich gerade las. Er sagte mir Titel und Handlung der wichtigen Romane auf. Und was ist mit Isaac Babel, Alain Fournier, Aldous Huxley, Ford Madox Ford? Dasselbe. Es war erstaunlich! Alles, was ich gelesen oder wovon ich gehört hatte, hatte er bereits gelesen. Du solltest in einer Quizsendung auftreten, Stanley, sagten Leute, die uns zugehört hatten. Stanley hatte nie ein College besucht und hatte zeit seines Lebens für Zeitungen gearbeitet. Er stotterte ein bißchen, damit erkläre ich mir, daß er nicht heiratete oder aufstieg. So war seine Hauptbeschäftigung das Lesen von Büchern. Mir schien, als begeistere ihn jedes Buch, das er las. Nur Superlative bei Stanley, ein Buch besser als das andere. Wenn ich anfing, Kritik zu üben, wurde er sauer. Wer, glaubte ich, zu sein? Einen Klugscheißer nannte er mich und redete mit mir ein paar Tage lang nicht mehr über Bücher. Stanley war die reine Begeisterung. Aber auch ich war ganz aufgeregt bei dem Gedanken an das nächste Buch, das zu Hause darauf wartete, von mir gelesen zu werden.

Ich wurde zum Korrektor befördert, eine an die Gewerkschaft gebundene Stelle. Ich erhielt ein hervorragendes Gehalt. Ich kaufte Bücher, Jazzplatten, und ich malte. Wenn ich kein Geld mehr hatte, ging ich nach Hause, oder mein Vater ging mit mir essen. Unser Verhältnis war wieder gut. Wir machten, was wir am besten konnten. Wir blieben lange aus und tranken und redeten.

Ich gewann ein paar Freunde in der Nachbarschaft und lernte an der Universität Mädchen kennen. Die Leute, mit denen ich mich traf, hatten alle künstlerische Ambitionen, und das ermutigte mich bei meinen eigenen Bemühungen. Ich malte mehr als ich schrieb, aber Poesie war mein geheimer Ehrgeiz. Ich vernarrte mich darein. Ich wollte sofort alles darüber wissen. Ich las die ganze Zeit. Ein Freund brachte mir die Gedichte von Robert Lowell und Randall Jarrell nahe. Ein anderer gab mir die Werke von Wallace Stevens und Ezra Pound. Abends, wenn ich nicht lernen ging, ging ich zur Newsberry Library, um die französischen Surrealisten und literarische Zeitschriften zu lesen.

V

Schon die alten Römer wussten es. Einen Dichter zum Sohn zu haben, ist nichts Gutes. Eltern sehen ihre Kinder immer noch lieber als Steuerschätzer oder Steuermann statt als Dichter. Wer kann es ihnen vorwerfen? Sähen Sie Ihre Tochter lieber als Hostess einer Nachtbar oder als Dichterin? Hmmmm.

Auch große Dichter haben Dichtung verabscheut. »Es gibt noch anderes als dies Geklingel«, sagte sogar unsere Marianne Moore. Da hatte sie ins Schwarze getroffen. Ein paar der idiotischsten Dinge, die Menschen jemals von sich gaben, findet man in der Dichtung. Wehleidige und sentimentale Verse mit falschem Heldentum und einer banalen Botschaft.

Dichtung ist tot! haben die Feinde der Dichtung über Jahrhunderte voller Freude gerufen. Einen Moment lang war dann zu spüren, wie ein gewaltiger Seufzer der Erleichterung über den Planeten fuhr. Die wenigen verbleibenden Dichter wurden schamrot und zerrissen sofort, was sie gerade schrieben. Sie kamen alle zu Verstand und wurden Generale, die Tausende in den Tod schickten, auf die ihre Mütter stolz waren und nach denen schließlich in jeder

Stadt des dankbaren Volkes Prachtstraßen benannt wurden.

Dichter pflegten geduldet zu werden, solange sie die Stammesgötter und -helden priesen und ihre Kriegsklugheit rühmten, doch mit dem Aufkommen lyrischer Dichtung und der Ich-Obsession des Poeten hat sich alles geändert. Wer will etwas hören vom Leben eines Niemand, während große Reiche entstehen und zusammenbrechen? Der ganze Kram von Verliebtsein, Knutschen und Abschiednehmen beim Hahnenschrei ist schlimmer, als öffentlich die Hosen herunterzulassen. Lehrer, Kirchenleute und andere Aufseher über Tugend und politische Korrektheit haben darin immer mit den Philosophen übereingestimmt. Kein Entwurf einer idealen Gesellschaft seit Plato hat jemals Poeten willkommen geheißen, und dies aus allen möglichen guten Gründen. Dichter haben keine Ehrfurcht vor der Autorität von Kirche und Staat. Sie verderben nur die Jugend, machen sie faul und verträumt. Sex und Blasphemie war seit jeher ihre Botschaft.

Außerdem sind Dichter, wie jeder weiß, Meister im Lügen. »Man muß lügen, um sich halbwegs für sich selbst zu interessieren«, sagt der Romanautor Barry Hannah. Das trifft besonders auf Verseschreiber zu. Jeder Narr unter ihnen glaubt, sich selber zu verraten, wenn er bloß die Wahrheit sagt. Wenn wir die Welt nicht klar erkennen können, dann liegt es an den Schichten von Mythen und Metaphern, die von Dichtern aufgetragen worden sind. Realität ist bloß das neueste Dichterplakat.

Himmel und Erde, Natur und Geschichte, Götter und Teufel gehen in der Dichtung empörend freundlich miteinander um. Die besten religiösen Gedichte sind voll

Erotik. Die Dichter nehmen für sich in Anspruch, als gleich anzusehen, was einander fern ist. In einem guten Gedicht verschwindet der Dichter, der es geschrieben hat, so daß der Leser-Dichter ins Leben tritt. Das »Ich« eines vollkommen Fremden spricht aus dem geheimsten Winkel in uns selber, und wir freuen uns daran.

Die dichterische Kürze ist ein Paradox. Die meisten Gedichte sind ziemlich kurz. Es braucht länger, sich ordentlich zu schneuzen als einen Haiku zu lesen. Und doch ist es ein paar dieser »kleinen« Gedichte gelungen, in wenigen Worten mehr über den Menschen zu sagen und Tausende von Jahren zu überdauern, während Epen und so ziemlich alles andere unlesbar geworden sind.

Und die Dichter selber? Das ist ein weiteres Paradox. Es ist nichts Besonderes an ihnen. Zumeist sind Dichter viel weniger interessant als Barkeeper. Natürlich, es gibt Ausnahmen. William Blake und Arthur Rimbaud waren eindeutig Sonderfälle, aber damit übergeht man Mallarmé, Dr. Williams und alle anderen, die ziemlich normal und unauffällig waren.

Ohne ihre Widersprüche wäre Dichtung so reizlos wie eine Sonntagspredigt oder die Ansprache des Präsidenten zur Lage der Nation. Es liegt an ihren vielen köstlichen Paradoxen, daß Poesie ihre ärgsten Kritiker überwunden und überlebt hat. Jeder Versuch, die Dichtkunst zu reformieren, sie lehrhaft und moralisch zu machen, ist an ihrem widerständigen Wesen gescheitert. Gute Dichtung war immer ein unerschöpflicher Quell von Paradoxen zu Kunst und Menschheit. Wenn Sie sich nichts aus Dichtung machen, liebe Leser, dann weil Sie noch nicht herausgefunden haben, wieso Sie vor sich hinsummen, wenn Sie auf dem Bettrand sitzen und an eine leere Wand starren nach einer unruhigen

Nacht oder einem Tag voll wirrer Vorkommnisse und zufälliger Worte, die nachlässig geäußert wurden und ausgerechnet jetzt wieder ins Gedächtnis kommen ...

Ich hatte vorgesorgt. Mit achtzehn verließ ich die elterliche Wohnung. Während der folgenden Jahre hauste ich in der erwähnten Erdgeschoßwohnung neben dem Heißwasserboiler, der zischte und ächzte, als wolle er jeden Moment in die Luft gehen. Ich ließ bei jedem Wetter die Fenster offenstehen, um schnell auf die Straße gelangen zu können. Wenn ich mein Zimmer betrat, zog ich einen dicken Mantel an. In dieser Untergrundhöhle trug ich Handschuhe, während ich schlechte Gedichte schrieb und schlechte Bilder malte.

Meine Arbeit in der Chicagoer Zeitung war die Korrektur der Todes- und Suchanzeigen. Nachts träumte ich von entlaufenen Hunden und Begräbnissen. An jedem Zahltag legte ich ein bißchen Geld beiseite. Eines Tages hatte ich genug, um meinen Job zu kündigen und nach Paris zu reisen. Statt dessen lud ich meine Freunde zum Sandwichbuffet in ein schwedisches Restaurant ein. Es war nicht, was wir erwartet hatten. Es gab für unseren Geschmack zuviel geräucherten Fisch und sauren Hering. Als ich die Rechnung bezahlt hatte, waren wir alle noch hungrig, also schlug ich vor, eine Pizza essen zu gehen.

Wann fährst du nach Paris? wollten meine Freunde wissen. Ich habe meine Meinung geändert, verkündete ich und bestellte eine weitere Runde Bier. Ich ziehe nach New York. Für Paris reicht mein Geld nicht mehr. Die Frauen waren enttäuscht, aber die Jungs spendeten Beifall. Es hatte keinen Sinn, nach lediglich vier Jahren in den Staaten wieder nach Europa zurückzukehren. Und außerdem, wem sollte ich in Paris meine in Englisch geschriebenen Gedichte zeigen?

Deine Gedichte sind bloß miteinander verbundene verrückte Bilder, beschwerten sich meine Freunde, und ich widersprach. Hatten sie nie von Surrealismus und freier Assoziation gehört? An diesem Abend war ich sehr betrunken. Irgendwann ging ich aufs Klo und konnte nicht wieder zurückfinden. Das Restaurant war groß und voller Spiegel. Ich sah wohl meine Freunde in der Ferne sitzen, aber als ich zu ihnen eilen wollte, stand ich Angesicht zu Angesicht mit mir selbst vor einem Spiegel. Mit meinem neuen Bart erkannte ich mich selbst nicht gleich und bat fast um Verzeihung. Schließlich gab ich es auf und setzte mich zu einem alten Mann an den Tisch. Er aß schweigend, und ich rauchte eine Zigarette. Die Zeit verging. Das Lokal leerte sich. Zuletzt wischte sich der alte Mann den Mund ab und schob mir sein volles Glas Wein herüber. Ich wäre ewig bei ihm geblieben, wenn mich nicht eine Frau unserer Gruppe gefunden und nach draußen geleitet hätte.

Bob Burleigh, mein bester Freund, hatte an der Universität von Chicago schon einen akademischen Grad in Englisch erlangt und war im Besitz all des kritischen Werkzeugs, um jedes Gedicht gründlich zu analysieren. Er kam zu der Ansicht, daß meine Gedichte gar nichts sagten.

Meine offizielle Antwort darauf war: Solange sie gut klingen, behalte ich sie. Insgeheim machte ich mir aber Sorgen. Ich wußte, daß meine Gedichte von etwas handelten, aber wovon? Ich konnte dieses »etwas« nicht bestimmen, sosehr ich mich bemühte. Bob und ich stritten oft bis Sonnenaufgang über Literatur. Um ihm zu beweisen, daß ich anders schreiben konnte, verfaßte ich ein Dreißigseitengedicht über die spanische Inquisition. Das Gedicht zitierte ausführlich zeitgenössische Beschreibungen von Folterungen und öffentlichen Verbrennungen in der Art von Pounds Cantos. Es war kein Surrealismus, wie wir übereinstimmend feststellten, aber trotzdem konnte man daraus nicht schlau werden. In einer Passage führte ich eine philosophische Diskussion mit Torquemada, ganz wie Dostojewskis Iwan mit dem Großinquisitor. Ich las es einer Frau namens Linda in einem Schmuddellokal in der Clark Street vor. Anschließend mußten wir laufen, um den Bus zu erwischen, und ich ließ das Gedicht liegen. Am nächsten Morgen konnten der Koch und ich es unter keinem der Tische und auch nicht im Müll finden. Wir suchten auch nicht allzu gründlich. Es war ein heißer Sommertag, und der Müll beim Hinterausgang stank und war schwarz von Fliegen.

Später stand ich an der Ecke, an der wir am Vorabend den Bus erreicht hatten. Mehrere Busse hielten, aber ich stieg nicht ein. Die Fahrer warteten, damit ich mir es noch einmal überlegte, warfen mir dann einen abschätzigen Blick zu und fuhren ruckartig und mit einer schwarzen Rußwolke weiter.

Ich zog im August 1958 von Chicago nach New York, bekleidet mit einem bräunlichen Sommeranzug und einem Hawaiihemd. Das Wetter war heiß und feucht. Die Kinoprogramme der 42nd Street leuchteten rund um die Uhr. Überall gab es Matrosen und ein paar berittene Polizisten. Ich kaufte eine lange Zigarre und zündete sie, zum Vergnügen einer Gruppe junger Mädchen, die am Rinnstein stand und sich nicht über die befahrene Avenue traute, lässig an.

Ein Penner torkelte im Bryant Park auf mich zu und

sagte: »Ich belle bei Hunden zurück.« Ein Stricher zog eine kleine Jesusfigur aus seiner engen Hose und zeigte sie mir. Ich tat, als sehe ich auf die Uhr, entschuldigte mich und ging weiter. In Chinatown sah ich einem Huhn zu, wie es ein Papier mit meiner Zukunft aufpickte, während es auf einem heißen Bratrost tänzelte. Im Central Park war das Gras am frühen Morgen noch zerdrückt, wo unbekannte Liebende gelegen hatten. In meinem Hotelzimmer schnitt ich mir im Spiegel immer eigenartigere Gesichter.

»Süßer«, sagte eine rauhe Frauenstimme, als ich um vier Uhr früh ans Telefon ging. Ich legte sofort auf.

Es war unglaublich heiß, so daß ich nackt schlief. Mein Fenster stand offen, doch wenige Meter davon entfernt stand eine Mauer und verhinderte Durchzug. Ich fürchtete, daß Ratten daran hochkletterten, aber ich hatte keine Wahl.

Spätvormittags saß ich in einem Imbißlokal in der 8th Street und las den Sportteil oder schrieb Gedichte:

In New York auf der vierzehnten Straße
wo fliegende Händler ihre Ware verhökern
und die Polizei wegschaut
da triffst du die ewigen
Möchtegernkünstler, die am Abend Uhren, Seidenschals,
Regenschirme verkaufen
wenn der Wind kalt durch die Stadt weht
und meine Zimmerwirtin ein mageres Huhn
in den Kochtopf wirft. Dämpfe steigen auf.
Ich kann ihr häßliches Gesicht am Küchenfenster
erkennen,
dann werfe ich einen flüchtigen Blick hinunter zur
Straße.

»Das Ding stammt aus einem Hochsicherheitsgefängnis«, sagte sie mir.

Ich wußte nicht, aus welcher Art Metall es gemacht oder wozu es ursprünglich verwendet worden war. Teil einer rostigen Maschine, so etwas wie ein Dorn, ich berührte es mit meiner Zunge und war überrascht, wie kalt es sich anfühlte. Wie der Steinfußboden in einer Einzelzelle, dachte ich.

»Man schreibt über die Jahre seiner Gefangenschaft mit einem solchen Gegenstand«, sagte ich.

»Man muß es immer versteckt halten«, gab sie geheimnisvoll zurück.

Der Mann, der es ihr hinterlassen hatte, war einen Monat lang ihr Geliebter gewesen. Das war ein paar Jahre her.

»Er hat mir abends immer den Rücken damit gekratzt«, sagte sie.

Sie trug ein geblümtes Seidenkleid und hatte rote Hausschuhe an ihren bloßen Füßen. Sie fielen ihr herunter, wenn sie die Beine übereinanderschlug. Ich hatte das Metallstück noch in der Hand. Ich fragte mich immer noch, ob sie es mir geben würde, wenn ich sie darum bäte, oder wenn ich so täte, als bettele ich darum.

Ihr Kleid war ein wenig geöffnet. Ich legte das Ding auf den Tisch zwischen uns. Draußen fing es an zu regnen. Sie sprang auf, um die Fenster zu schließen, und gab mir dabei einen flüchtigen Einblick auf ihre Brüste und ihre langen Beine. Bald regnete es so sehr, daß es im Zimmer dunkel wurde.

Sie redete, und ich hörte zu.

»Es kommt mir vor«, sagte sie, »als hätte es in meinem Leben mehr Nächte als Tage gegeben. Wenn ein neuer Tag anbrechen wollte, folgte bereits eine weitere Nacht.

Ich vergesse die Gesichter meiner Liebhaber, weil es immer Nacht war. Nur das geisterhafte Weiß ihrer Körper bleibt mir. Ich will sie berühren, doch es geht nicht mehr.«

Unmittelbar bevor ich ging schaltete sie eine einzelne Tischlampe an, um mir ein Gedicht vorzulesen, an dessen Inhalt ich mich noch immer erinnere.

Im Wald, an einem Sonntag, als sie noch Kinder waren, stießen sie und ihr Bruder auf ein Paar, das am Boden lag. Hand in Hand und geängstigt, sich verlaufen zu haben, sahen sie, was sie zunächst für einen Schneeflecken gehalten hatten. An einer abgelegenen Stelle stießen sie auf das Paar, die beiden nackten Menschen, die sich auf dem kalten Boden umklammerten. Es war Frühling. Der Wald hatte schon einen leicht purpurnen Schimmer. Ein Vogel verstummte, als sie sich vorbeistahlen.

Es regnete noch immer, als ich auf die Straße trat. Ich war erst zwanzig und sie mindestens vierzig. Unsere Beziehung war die Dichtung, die wir beide schrieben und einander zeigten. Ich kam bei ihr an späten Nachmittagen vorbei, oft unangemeldet. Es war alles ganz einfach. Ich fühlte mich von ihr angezogen und mochte ihre Geschichten, also kam ich. Sonst wußte ich nichts über sie, außer daß sie in einer Gegend wie Minnesota oder Montana aufgewachsen war und daß sie lange Zeit in Europa gelebt hatte. Sie hatte die müden Augen und die verblaßte Schönheit eines Menschen, der viele Höhen und Tiefen erlebt hat. Sie hätte eine reiche Emigrantin gewesen sein können, die in einer Villa in Florenz allein lebt und säuft, oder eine Nightclub-Sängerin aus vergangener Zeit. Auf jeden Fall war sie immer allein, duldete meine stundenlangen Besuche und setzte mich dann ohne Umstände vor die Tür, vermutlich weil ihr gerade einfiel, daß jemand sie besuchen kam oder daß sie eine Verabredung hatte.

Ein paarmal beobachtete ich sie von gegenüber. Beim ersten Mal ging sie in großer Eile aus dem Haus, mit einem weitkrempigen Hut und Sonnenbrille, und nahm an der Ecke ein Taxi. Beim nächsten Mal kam sie gar nicht heraus. Ein kleiner Junge mit Brille betrat ihr Ziegelhaus und danach ein junges Paar mit Tüten vom Drugstore. Um zehn waren die Lichter noch an, also überquerte ich die Straße und sah, daß die Eingangstür unverschlossen war. Ich ging ohne einen Gedanken im Kopf nach oben, mit nichts als dem starken Bedürfnis, sie zu sehen. Im zweiten Stock hielt ich mein Ohr an ihre Tür. Es war kein Geräusch zu hören. Ich wollte klopfen, ich hätte klopfen sollen, aber statt dessen stand ich da und hörte, wie mein Herz wild pochte. Nach langem Warten ging ich heim.

Neben meiner Wohnung in der East 13th Street stand ein heruntergekommener Ziegelbau, von dessen Erdgeschoß aus ein Nachschublieferant für Straßenverkäufer operierte. Gescheiterte Gestalten, die Regenschirme, Schlipse, falsche Schweizer Uhren, Patentkartoffelschäler und anderes Zeug in der 14th Street verkauften. Der Chef sah aus wie Anthony Quinns Zampano, der Zirkusartist, der in *La Strada* schwere Ketten zerreißt. Er musterte am Morgen seine Leute und jagte diejenigen davon, die ihm zu abgerissen oder zu kränklich aussahen oder die einfach zu blau waren. Jedesmal, wenn er mich beim Zuschauen bemerkte, warf er mir einen miesen Blick zu, als wolle er sagen: »Irgendwann dreh ich dir den Hals um, Junge!«

Abends und auch bis spät in die Nacht war er draußen vor seinem Lager und sah mich böse an, wenn ich vorbeiging. Ich führte meine eigenartigen Träume auf seine Existenz zurück.

Ich träumte zum Beispiel, in irgendeinem Ankleideraum zu sein. Es könnte ein Kabarett, ein Striplokal, ein Zirkus oder vielleicht eine Sporthalle gewesen sein. Die Spiegel hatten Sprünge, und aus dem Sofa quoll die Polsterung. Ich ging davon aus, daß die Ringer, Tänzer, Akrobaten, Transvestiten gleich zurückkehren würden. Als aber sie eintrat, war ich sehr überrascht. Sie trug ein tief ausgeschnittenes schwarzes Kleid mit schmalen Trägern und schien mich nicht zu sehen. Sie legte sich mit geschlossenen Augen auf das Sofa, als sei sie hoffnungslos müde. Als ich mich näherte, überraschte mich die kraftvolle Wirklichkeit ihres Körpers in meinem Traum noch mehr. Ich, der sie niemals nackt gesehen hatte, hatte in diesem Augenblick vor dem Erwachen das Gefühl, ihre Arme, Beine und ihren Mund zu kennen, als hätte ich sie oft mit Küssen bedeckt.

Nach einem solchen Traum schrieb ich ein Gedicht, das ich noch ungefähr erinnere. Auf einem Feld bei der städtischen Müllkippe sitzen ein Mann und eine Frau und trinken, bis sie sich wegen der Hitze ausziehen. In dem hohen Gras liegt eine alte Badewanne, in die sie sich setzt und so tut, als wüsche sie sich. Der Mann tanzt um sie herum und spielt auf der Weinflasche, als sei sie die Flöte eines Ziegenhirts. Als ein paar Vögel über sie hinwegfliegen, wirft sie ihren Kopf zurück, so daß ihre Brüste voll ins Blickfeld über dem rostigen

Wannenrand schwingen. Er sitzt inzwischen am Boden und sucht nach einem Dorn im Fuß, während sein Schwanz steif zwischen seinen behaarten Beinen steht.

Ich nannte das Gedicht »Pastoral« und dachte daran, es ihr zu zeigen, brachte aber nie den Mut dazu auf und redete mir ein, es sei nicht sehr gut, es sei unverständlich und irgendwie peinlich.

Sie hatte einen Vetter, der angeblich den ganzen Tag lang Blätter zählte. Er war nicht ganz dicht, und sie hatten viele Bäume. Nach einer Weile wurde er müde und setzte sich auf den Boden, die Finger noch aufrecht, die Lippen noch in Bewegung. Es sei schwierig, in der Dämmerung ein Blatt vom anderen zu unterscheiden, vertraute er ihr einmal an. Sie stellte sich vor, wie in seinem Kopf eine sich ausdehnende Zahl mit vielen Nullen lang wurde wie ein Kometenschweif. Während sie mir das erzählte, sah sie mich unverwandt mit einem schmalen Lächeln an, als sei ich ihr verrückter Vetter.

Bei anderer Gelegenheit erzählte sie mir, wie gerne ihre Mutter barfuß durch den Regen ging. Alle andern suchten eilig Schutz und standen in den Hauseingängen und beobachteten, wie sie im strömenden Regen Schuhe und Strümpfe auszog. Unter den mißbilligenden Blicken schlenderten sie barfuß durch den strömenden Regen und traten in die Pfützen.

Wo war das gewesen? Ich wollte es wissen, aber in diesem Augenblick bat sie mich zum ersten Mal, zum Abendessen zu bleiben. Sie bereitete Tintenfisch und Reis, und ich war ihr behilflich. Ich erzählte ihr, daß ich verrückt nach Tintenfisch und Reis sei. Und das stimmte. Für alles andere war ich wie ein verlorenes Schaf.

Da ich dies dreißig Jahre später niederschreibe, weiß ich es jetzt besser, und meine damalige Schüchternheit ist mir weniger peinlich. Ich sehe noch, wie sie den Tintenfisch reinigt, kundig die feinen, flossenartigen Knochen entfernt. Ich stand direkt hinter ihr. Ihre Hände waren überraschend häßlich. Ihre Fingernägel sahen abgekaut und ungepflegt aus. Starke brutale Hände im Gegensatz zu ihrem Nacken, der weiß und weich war. Ich dachte an Mädchen, die in der Grundschule vor mir saßen und sich über die Prüfungen beugten. Ich war so nah, meine Lippen berührten leicht ihr blaßblondes Haar, so daß es mich erstaunt, sie nicht geküßt zu haben.

Ich kann diesen Augenblick ganz deutlich nacherleben. Ich kann immer noch in ihr Kleid hinabspitzen und ihre vollen Brüste bis an die Warzen sehen. Jetzt hackte sie Zwiebeln, Tränen liefen ihr übers Gesicht. Sie lachte und erklärte mir das Rezept spanischer Bauern, während ich vor ihr in der Schwebe stand.

Ist das der Grund, warum sie immer dies angedeutete Lächeln für mich hatte? Sie wußte natürlich, was in meinem Kopf und in meiner Hose los war, und das war ihr Spaß daran.

Später zeigte ich ihr bei Wein und Käse ein Gedicht, das ich gerade geschrieben hatte. Es war nicht das mit der nackten Frau in der Wanne. Es lautete folgendermaßen:

Die Heilige Jungfrau wohnt über dem Kramladen.
Sogar den Müll trägt sie in der
Uniform der Heilsarmee vor die Tür.
Um ihre Füße trippeln Mäuse.
Johannes der Täufer hält auf dem Dach einen
Taubenschlag.

Zu seinem Martyrium gehört das Leeren der
Bettpfannen im Krankenhaus.
Eines Abends klopft er an bei ihr und tritt sogleich ein.
Zu seiner Begrüßung steht da eine Schneiderpuppe
Mit häßlichen kleinen eingesteckten Nadeln.
Geschlossenen Auges liegt sie im Bett.
Das Zimmer ist dunkel, der Himmel voll Wolken und
Wind,
Ihre Augen weiterhin fest geschlossen sind.

Bevor sie Gelegenheit fand, über meine linkische Blasphemie zu urteilen, klingelte nebenan das Telefon. Sie ging an den Apparat und sagte mir dann, ich müsse sofort gehen, da sie aus dem Haus müsse.

In dieser Nacht erwachte ich mit einem gewaltigen Steifen. Ich wollte zu ihr gehen. Ich war in diesem Moment völlig sicher, daß sie genau dies von mir erwartete. Ihre Tür würde aufgehen, bevor ich sie berührt hatte. Es würde ganz dunkel sein. Sie würde mich an der Hand leiten, und ich würde keinen Laut von mir geben, auch wenn sich ihr nackter Körper an mir rieb und ihre Hand die meine fest faßte. Wir würden wie zwei Blinde sein, zwei blinde Liebende in einer fremden Welt.

Ich zog mich schnell an, und ohne meine Schuhe zu schnüren lief ich auf die Straße. Es war lange nach Mitternacht. Die Straßen waren leer und die Sommernacht war warm und feucht. Ihre Zimmer waren dunkel, ihre Haustür verschlossen. Ich setzte mich auf die Stufen, schnürte meine Schuhe und rauchte eine. Da ich nicht in der Stimmung war, ins Bett zu gehen, ging ich spazieren. Dunkle Straßen, dunkle Bäume, aber dann gab es beim nächsten Block Lärm und Lichter. Eine Party wurde gefeiert, die Menge war sogar auf den Gehsteig herausgetreten. Die Gäste waren angezogen, als seien sie zu einer Hochzeit gegangen oder zur Oper. Sie waren in bester Laune.

Ich zögerte nicht und trat gleich ein. Der Eingang war voll wie eine Subway an Feierabend. Ich mußte mich von Zimmer zu Zimmer quetschen, von Stockwerk zu Stockwerk. Alle waren in Gespräche vertieft, und niemand beachtete mich. Ich wollte etwas zu trinken haben, fand aber die Bar nicht. Ich öffnete eine falsche Tür und stand vor einem weißhaarigen Mann im Smoking, der ins Klo kotzte. Ich öffnete noch eine und fand in einem Raum von der Größe eines Schranks einen schwarzen Labrador, der an den Heizkörper gebunden war. Er freute sich über mein Erscheinen. Es hätte mir nichts gemacht, bei ihm zu bleiben, aber auf einmal kam mir der Verdacht, sie könnte hier auf der Party sein.

Wieder sah ich überall nach. Ich stieg sogar aufs Dach, wo am Rand ein Paar sich schwankend küßte. Schließlich fragte ich eine betrunkene Frau, die alle Leute Marilyn riefen, woher die Drinks kamen. Sie reichte mir ohne ein Wort eine Flasche irischen Whiskey. Sie stand bei einem älteren Mann, der ständig in ihr Ohr flüsterte und mich unfreundlich ansah. Ich nahm die Flasche ins Wohnzimmer und drängte mich in eine Ecke. Ich stand da und trank und beobachtete die Leute. Ich hatte keine Ahnung, wer das war und was der Anlaß, und es war mir egal. Die Frauen schienen ungewöhnlich schön. Sie alle waren in Begleitung. Ihre Partner brachten sie dazu, zu kichern oder sie mit endloser Bewunderung anzusehen.

Die sollten alle im Bett sein und bumsen, dachte ich mir. Ich trank viel und rechnete mit ihrem Auftauchen.

»Wir ficken gleich hier am Boden«, sagte ich zu einem Mann neben mir. Er sah mich aufmerksam an. Ich sagte es noch einmal, lauter. »Ich zieh mir meine Sachen gleich aus, damit ich bereit bin, wenn sie kommt«, warnte ich ihn. Jetzt beobachteten mich mehr Leute. Ich knöpfte bereits mein Hemd auf und lockerte den Gürtel.

»Da ist er«, rief jemand, und alle sahen in eine andere Richtung. Jemand war soeben eingetroffen, und sie winkten ihm zu. Es schien, als könne er nur kurz bleiben. Ich konnte nicht einmal den Mann sehen, aber offenbar war er sehr wichtig. Mit einem Mal war ich todmüde. Ich setzte mich auf den Boden, nahm einen weiteren langen Zug aus der Flasche und schloß die Augen. Ich hatte weiter die liebliche Vorahnung, daß sie kommen würde. Sie würde meine Wange berühren und mich leicht mit ihren langen roten Nägeln kratzen. Ich würde die Augen öffnen und ihr schmales Lächeln mit einem eigenen schmalen Lächeln begrüßen.

Ich zählte langsam bis hundert, dann ein weiteres Hundert, noch langsamer.

»Sie müssen jetzt gehen«, sagte die schwarze Hausangestellte, die mich weckte. Ich gehorchte sofort. Das Wohnzimmer war leer und ebenso die Treppe. Auf der Straße herrschte die Stille des frühen Sonntagmorgens; zu Hause war eine tote Maus in der Küchenfalle, ein winziger Blutfaden lief ihr aus dem Maul.

Ich wartete eine Woche. Ich ging meinem Job als Verkäufer für Anzughemden in Stern's Department Store auf der 42nd Street nach. Ich trug selber ein weißes Hemd mit Krawatte, und es wurde von mir wie immer erwartet, daß ich mit Kunden äußerst höflich umging. Männer waren unkompliziert, aber die Frauen in jener Woche machten mich verrückt. Ich zeigte ihnen ein

Hemd, und sie bemerkten einen nichtexistenten Fleck am Kragen. Ich zeigte ihnen ein anderes, und der Fleck war woanders. Gab ich Widerworte, beschwerten sie sich beim Geschäftsführer, der mich vor ihnen zurechtwies, auch wenn er wußte, daß ich recht hatte. Am Abend drehte ich eine Runde durch die umliegenden Kneipen, um meinen Freund Sal zu treffen und ihm etwas über Frauen vorzujammern.

»Vollkommene Geschöpfe«, antwortete Sal jedesmal. Er liebte sie alle und weigerte sich, die geringste Herabsetzung des weiblichen Geschlechts zu dulden.

Jemand an der Bar widersprach und erwähnte einen Sauertopf aus der Nachbarschaft. »Wie ist es denn mit der?«

Eine richtige Zicke, stimmte jeder zu.

»Sie muß nur auf die richtige Art geliebt werden«, meinte Sal. Er war der Ansicht, das *Kamasutra* sollte Kleinkindern vorgelesen werden.

Was meine Probleme mit Miss X betraf, sagte er mir immer wieder, sei ich ein totaler Gimpel.

An dem Nachmittag, als ich dem Haus der 12th Street einen letzten Besuch abstatten wollte, brachte ich eine Flasche schönen französischen Wein und eine Dose Pâté mit. Ich hatte soeben von meinem Vater Geld erhalten und war glänzender Laune. Ich erwartete, daß wir wie immer sitzen und trinken würden. Eine Schallplatte von Billie Holiday oder Lester Young würde leise spielen. »Blue Lester« oder »Lady Be Good« vielleicht. Die Nacht würde sacht hereinbrechen, und sie würde das Licht nicht andrehen. Ich würde die Platten wechseln und dabei die traurigsten Lieder auswählen. Wir würden »Moanin' Low« und »Mean to Me« lauschen, und es würde dunkel. Ich würde hinübergehen, wo sie saß, und meinen Kopf zwischen ihren Beinen vergraben. Ich würde abwarten, bis wir einander nicht mehr sahen, und ihr sagen, daß ich sie liebe. Ich war unbekümmert und leichtfertig vor Selbstvertrauen.

Die Haustür war unverschlossen, also eilte ich die Treppe, immer eine Stufe überspringend, hinauf und klopfte. Es kam keine Antwort, also schlug ich mit der Faust an die Tür. Endlich hörte ich schwere Schritte, die Tür ging auf; ein Mann, der anscheinend geschlafen hatte, stand da. Er war in meinem Alter. Er sah mir sogar ähnlich. Ich erinnere mich, daß sein T-Shirt naßgeschwitzt war. Er sagte nichts. Er erwartete, daß ich etwas sagte, und ich murmelte eine knappe Entschuldigung und ging schnell nach unten.

Ich ging nie wieder hin, obwohl ich es oft wollte. Bis heute habe ich keine Ahnung, wer diese Frau war oder der Mann, der die Tür aufmachte. Ich achtete über die Jahre auf ihren Namen in literarischen Zeitschriften, aber niemals fand ich sie. Neulich dachte ich an sie, als ich durch die 12th Street ging. Es erinnerte mich daran, daß ich immer noch einen Teil eines Gedichts besitze, das sie geschrieben hat. Es ist auf das Schreibpapier des Hotel Drake, Chicago, getippt und umfaßt nur diese acht Zeilen:

Wer immer Vertrauen hat in die Liebe
Und geht, wohin ihre Füße ihn tragen
In der Menge des Abends,
In der Hoffnung, auf die Schulter geklopft zu werden
Von einem Fremden, der schon flüstert,
Dir habe ich vieles zu sagen
Das schwer auf meinem Herzen liegt
Und worüber ich so lange Schweigen bewahrte …

Den Rest des Gedichts habe ich vor vielen Jahren beim Umzug von New York nach San Francisco verloren.

Es war immer noch Sommer. Auf den Rat meiner Mutter besuchte ich eine alte Freundin von ihr. Sie machte mir Tee und Gurkenbrötchen und fragte mich nach meinen Plänen für die Zukunft. Ich sagte, ich hätte keine Ahnung. Sie war sichtlich überrascht. Um mich aufzumuntern, erzählte sie mir von jemandem, der mit zehn Jahren wußte, daß er Arzt werden wollte und inzwischen mit genau diesem Ziel an einer angesehenen medizinischen Hochschule studierte. Ich war bereit, zu einem Abendessen zu kommen, bei dem ich eine Reihe brillanter junger Männer und Frauen meines Alters kennenlernen würde und von ihrem Beispiel lernen könnte. Natürlich ging ich nicht hin.

Im Phoenix Book Shop im Village kaufte ich einen Sammelband französischer Erzählungen. Er war im Ramsch und sehr billig, aber auch so blieb mir nur noch Geld für eine Tasse Kaffee und einen getoasteten English Muffin. Ich ließ mir Zeit beim Nippen des lauwarmen Kaffees und beim Essen des Muffins, während ich in dem Buch las. Es war eine dunkle, regnerische Nacht. Ich ging durch die fast ausgestorbenen Straßen, um die beiden einzigen Leute aufzusuchen, die ich in der Stadt kannte. Als ich sie nicht zu Hause antraf, ging ich zurück in mein Zimmer, kroch zitternd unter die Decken und las in der Stille, die von gelegentlichem Sirenengeheul unterbrochen wurde:

»Als Lantin das junge Mädchen auf einer Abendgesellschaft bei seinem Vorgesetzten, dem stellvertretenden Abteilungsleiter, kennengelernt hatte, war die Liebe über ihm wie ein Netz zusammengeschlagen.

Sie war die Tochter eines subalternen Finanzbeamten aus der Provinz, der seit einer Reihe von Jahren tot war. Unmittelbar danach war sie nach Paris übergesiedelt, und zwar mit ihrer Mutter, die Verkehr mit ein paar Bürgerfamilien des Viertels anknüpfte, weil sie hoffte, die Tochter auf diese Weise verheiraten zu können. Sie waren arme und ehrenhafte, ruhige und angenehme Leute. Das Mädchen war der Inbegriff der Wohlanständigkeit; sie war ganz das, was ein vernünftiger junger Mann sich als Lebensgefährtin ersehnt. Ihrer schlichten Schönheit wohnte etwas engelhaft Reines inne, und das leise Lächeln, das ihre Lippen allezeit umspielte, schien ein Abglanz ihres Herzens zu sein.«

Nach Mitternacht war still wie in einem Grab. Ich mußte das Radio ganz leise stellen und legte in der Dunkelheit mein Ohr daran. »Clap your hands, here comes Charlie«, sang eine Frau zum Hot Jazz einer Dixieband, aber gerade jetzt fand ich es nicht so lustig.

Solange das Wetter noch gut war, saß ich auf den Bänken am Washington Square Park oder im Central Park, beobachtete die Leute und dachte mir Geschichten aus, die zu ihren Gesichtern paßten. Wenn ich meinen einzigen Anzug anhatte und es regnete, saß ich in den Lobbies großer Hotels und rauchte Zigarren. Fast jeden Abend ging ich Schaufenster anschauen. Ein reizvolles Paar Schuhe oder ein Hemd brachten mich dazu, auch noch nach Mitternacht wiederzukommen. Kinobesuche verschlangen enorm viel Zeit. Benommen, verwirrt und hungrig kam ich heraus, nachdem ich das Double-Feature zweimal gesehen hatte. Oft hatte ich Zahnweh und wartete tagelang, daß es aufhörte. Ich tippte mit zwei Fingern auf einer alten Underwood-Schreibmaschine, die meine Nachbarn aufweckte. Sie schlugen an die Wand, bis ich aufhörte. An einem Montagmorgen, als alle anderen zur Arbeit eilten, machte ich eine lange Fahrt mit der Subway nach Far Rockway. Immer, wenn die Bahn aus der Erde auftauchte, hatte ich einen Blick auf Leute, die in Büros und Fabriken arbeiteten. Ich sah, daß ihnen heiß war und daß sie schwitzten. Am Strand waren nur wenige, die ganz mit sich selbst beschäftigt zu sein schienen. Als ich mich auf dem Sand ausstreckte und aufsah, war der Himmel leer und blau.

Auf dem Heimweg spätabends kam ein Mann aus einem dunklen Eingang mit einem Messer in der Hand. Er torkelte, er konnte nicht sagen, was er wollte, betrunken, wie er war. Ich lief. Ich wußte, daß er mich nie einholen konnte, trotzdem lief ich mehrere Blocks weit. Als ich schließlich anhielt, wußte ich nicht mehr, wo ich war.

Taschendiebe
haltet euch fern von armen alten Frauen
sie schreien am lautesten.
Haltet euch an junge Mädchen,
verträumte Bräute
die herzförmige Kissen für ihre Betten kaufen.
Haut statt dessen 'nen Betrunkenen an
bietet einen Stift zum Verkauf.
Wenn er eine Rolle Scheine zückt,
schnappt was er hat und verduftet.

Weich dem Knüppel aus
oder dir klingen die Ohren
bis in dein Grab ...

Ich sitze an einem heißen, schwülen Morgen in New Yorks Stadtbücherei in der 42th Street und lese die Schriften Jakob Böhmes, als sie hereinkommt, bekleidet mit dem, was sie am vergangenen Abend zur Party angehabt haben muß. Sie ist nicht viel älter als ich, aber die Tageszeit und der fehlende Schlaf verleihen ihr etwas Lebensmüdes. Sie hat im Katalog nachgesehen, den Bestellschein ausgefüllt, das Buch erhalten und sitzt jetzt an einem anderen Tisch quer zu meinem. Ich recke den Hals, blinzle auf meine kurzsichtige Art und schleiche sogar mehrmals hinter ihr entlang, kann aber nicht herausfinden, was sie liest. Das Buch hat keine Abbildungen und es ist keine Dichtung, aber es fesselt sie so, daß ihr die Haare über die Augen gefallen sind. Vielleicht benutzt sie die Bücherei bloß, um ihren Schlaf auf Steuerzahlers Kosten nachzuholen?

Dann, als ich absolut sicher bin, daß sie vor sich hin döst, wendet sie plötzlich mit einem langen, dünnen Finger die Seite. Ihre Finger sind zu dünn, ist meine Meinung. Ißt das arme Kind nicht ordentlich? Stirbt sie an Auszehrung? Ihre Brüste dagegen sehen in dem tief ausgeschnittenen schwarzen Kleid ganz gesund aus. Dort sehe ich keinen Anlaß zur Sorge.

Merkt sie, daß ich sie beobachte? Bestimmt nicht, es sei denn, sie ist eine vollendete Schauspielerin, eine kommende Greta Garbo.

Wie viele von all den Leuten, die ich über die Jahre insgeheim beobachtete, haben mich bemerkt und erinnern sich noch so an mich wie ich mich an sie? Ich muß nur die Augen schließen, und da sitzt sie noch und liest ihr geheimnisvolles Buch. Mich selbst sehe ich überhaupt nicht, und ich habe keine Ahnung, wie ich aussehe oder was ich anhabe, und dasselbe gilt für alle anderen in dem großen Lesesaal. Sie haben keine Gesichter; sie existieren gar nicht, außer ihr. Sie liest langsam und blättert vorsichtig um. Die Luft ist drückend und schon schwül, und der Deckenventilator kann dem nur wenig abhelfen. Es könnte ein Montag sein, ein Donnerstag im Juli oder August. Ich bin mir nicht einmal sicher, ob es 1958 oder 1959 war.

Ich packe während des Weihnachtsbetriebs mit einem Haufen Verlierertypen Pakete im Keller von Lord & Taylor. Einer von ihnen ist ein Erfinder. Er hat ein neues Aquarium mit Lautsprecher entwickelt, so daß der Eindruck entsteht, die Fische tanzten Wasserballett, aber kein Mensch ist daran interessiert. Ein anderer Mann zahlt an drei ehemalige Frauen Unterhalt, so daß er neben diesem Job auch noch nachts arbeiten muß. Seine Augen sind ständig geschlossen. Er ist so blaß, daß er im offenen Sarg als Leiche durchginge.

Dann ist da noch Felix, ein farbloser Junge, wenig älter als ich, der behauptet, mit der englischen Königsfamilie entfernt verwandt zu sein. Einmal brachte er die graphische Darstellung seines Stammbaums mit, um unserem Spott ein Ende zu setzen, und erklärte die Verbindung. Was daran störte, war seine Armut. Er sagte, er sei Schriftsteller, konnte aber nicht sagen, was er schrieb. »Schreibst du Pornos?« fragte ihn ein Mädchen aus Puerto Rico.

Sie hieß Rosie. Boxen gefiel ihr. Einmal verabredete ich mich mit ihr, die Fights im *Garden* anzuschauen.

Wir saßen im spanischen Block. »Schlag ihn tot! Schlag ihn tot!« schrie sie den ganzen Abend ohne Unterbrechung. Am Ende war sie so erschöpft, daß sie mit mir nicht mal mehr einen trinken ging, sondern nach Haus eilte.

Meine ersten Gedichte wurden in der Winternummer 1959 der *Chicago Review* veröffentlicht. Ich hatte sie eineinhalb Jahre zuvor geschrieben. Die beiden abgedruckten Gedichte sind sehr verschieden. Sie scheinen nicht von demselben Dichter zu sein. Ich habe wahrscheinlich in den Jahren 1956 bis 1961 mehr Gedichte verfaßt als in den ganzen Jahren danach. Von ein paar Gedichten abgesehen war alles schlecht, und eines Tages bereitete ich mir die Freude, sie allesamt zu vernichten.

Ich war seit sechs Monaten beim Militär, als ich im Winter 1962 meinen Vater bat, mir die Mappe mit den Gedichten zu schicken. Ich setzte mich am Abend des Tages, als sie ankamen, auf mein Bett und las sie. Die andern in der Kaserne putzten Schuhe, spielten Karten oder hörten Radio, während ich meine gesammelten Gedichte las. Vielleicht beurteilte ich sie besser, weil ich so lange von ihnen fortgewesen war und ich mich in anderer Umgebung befand. Ich bemerkte all die unterschiedlichen Einflüsse und mein linkisches Schreiben. Es waren mindestens ein paar hundert Seiten. Ich riß sie eilig heraus und warf sie in den Müll. Sie waren mir peinlich. Ich wollte immer noch Gedichte schreiben, aber nicht solche.

Wir sitzen im Unterzeug herum, hören Radio und spielen Karten. Wir sind zu viert. Der Sergeant hat ein eigenes Zimmer auf der anderen Seite der Küche. Jetzt, da das Wetter schlecht geworden ist, gibt es für die Polizei nicht viel zu tun. Der Bus nach Lunéville fährt jeden Abend um sechs, aber es fährt kaum einmal jemand mit. Unser Stundenplan ist sehr einfach. Zwei arbeiten jeden Abend und gehen nicht vor zehn auf Streife. Die Streife fährt nach Lunéville, trinkt einen am Bahnhof, schaut in ein paar Bars, die von GIs besucht werden, prüft nach, ob alle um 23.30 Uhr im Bus sind, und beschließt den Abend mit noch ein paar Gläsern am Bahnhof. An Samstagabenden sind ein paar mehr Soldaten in den Bars, weil um eins kein Zapfenstreich ist. Der Polizeifunk ist still. Wir benutzen ihn nur, um der Streife das Besorgen von Sandwiches am Bahnhof aufzutragen. Wir essen nicht mehr in der Kantine. Das letzte Mal war an Thanksgiving. Wir waren in Zivilkleidung hinübergegangen, ernteten aber nichts als feindselige Blicke. Außerdem waren die Kartoffeln und der Truthahn roh. Wir sind nie wieder hingegangen. Wir kaufen Lebensmittel in St. Clément oder essen im einzigen Café. Sogar der Redneck Edwards fängt an, zwischen den Pâté-Sorten unterscheiden zu können.

Edwards hat heute morgen einen Keilerfrischling auf der Landebahn gefangen. Wir sahen dem fallenden Schnee zu, als er eine riesige Sau mit vier Jungen im Gefolge bemerkte. Sobald er sie sah, lief Edwards los. Wir dachten, er habe sie nicht alle. Bestimmt würde sich die Bache gegen ihn wenden, und er würde in eine üble Lage geraten. Das tat sie aber nicht. Sie lief und er lief, und die vier Ferkel versuchten, mit der Mutter mitzuhalten. Wir sahen ihn springen und eins fangen. Die Alte sah sich nicht einmal um.

Mace und ich meinen, wir sollten das Ferkel essen.

Sergeant Briggs hält das für keine gute Idee. Schließlich ist es französisches Eigentum, und es gibt einen Erlaß für die Army betreffs des Essens von französischem Eigentum. Währenddessen hat das Ferkel – oder wie Sie es nennen wollen – große Angst. Es will nichts essen, was wir ihm geben, und Edwards will es als Maskottchen behalten.

Es sind keine Flugzeuge auf der Landebahn. Hier landen nie welche. Die Start- und Landebahn ist für den Kriegsfall da. Wenn die Russen über die ostdeutsche Grenze kommen, werden sie in drei Tagen hiersein. Unsere Wälder sind voll von versteckten Lastwagen, Jeeps und Panzerfahrzeugen, die von etwa dreihundert Soldaten einsatzbereit gehalten werden. Das heißt, sie wechseln das Öl, prüfen den Luftdruck der Reifen und fahren gelegentlich eine Runde. Den Rest der Zeit sitzen sie herum und sterben vor Langeweile, oder sie lassen in Lunéville oder im Kantinenclub die Sau raus.

Dieser »Club« ist im übrigen nur eine Hütte mit ein paar Tischen, Stühlen und einer Musikbox. Wir nähern uns diesem Ort nur, wenn wir müssen. Wir stecken die Betrunkenen zum Ausnüchtern in die Zelle und schicken sie am Morgen zurück zu ihren Einheiten.

Außerdem sind wir für vierzig Polen zuständig. Sie schieben Wache um den Standort. Sie sind der Rest der heldenhaften Armee des Generals Anders, die in Italien an der Seite der Alliierten gekämpft hat. Das sind Leute, die nicht emigrieren oder zivile Arbeit finden konnten. Die meisten sind über fünfzig, und alle sind Säufer. Der Standortkommandeur beklagt sich machmal bei Sergeant Briggs, daß er einen von ihnen betrunken am Schlagbaum findet, aber niemand ändert etwas daran.

Heute (Samstag) hatten wir zur Abwechslung reichlich zu tun. Um vier Uhr nachmittags spielten wir Karten, immer noch nicht voll bekleidet, als das Telefon klingelte. Es hatte eine Messerstecherei im Kantinenclub gegeben. Sergeant Briggs und ich fuhren in dem einen Jeep, Mace und Williams im anderen. Edwards blieb am Funkgerät. Wir kamen so schnell, daß die Leute noch am Davonlaufen waren. Innen stolperten wir förmlich über einen Mann am Boden, dem ein Messer in der Brust steckte. Na, das verschlug mir den Atem. Verdammte Scheiße! Das war etwas Ernsthaftes. Der Barkeeper wies in die Richtung, in die die Schuldigen verschwunden waren. Briggs und ich folgten ihnen zu Fuß, während Mace die Sanitäter rief.

Briggs lief durch den Wald voran, und ich versuchte, Schritt zu halten, als wir zwei Kerle weiter vorn bemerkten. Der eine schlug sich tiefer in den Wald, und der andere wandte sich aufs offene Feld. Briggs schrie, ich solle mir den vornehmen.

Da rannten wir also über die Felder. Ich rief atemlos hinter ihm her und verlor ihn langsam, bis ich meine Pistole zog und einen Schuß in die Luft abgab. Ich dachte nicht einmal darüber nach. Ich konnte nur nicht mehr rennen. Der Mann hielt auf der Stelle! Er sank sogar auf die Knie, mit dem Rücken zu mir, und wartete auf mich. »Ich kenne meine Rechte«, japste er in einem fort, als ich ihn zum Club zurückführte.

Briggs hatte seinen Kameraden erwischt. Es waren zwei Bauernjungs, denen ein gemeiner Sergeant das Leben versauerte. Heute hatten sie es nicht mehr ausgehalten. Als wir sie zum Posten brachten, waren sie in Partystimmung. Sie lachten. »Hast du sein Gesicht gesehen, als das Messer reinging?« sagte einer ständig zum andern. Mace, ein robuster Schwarzer aus Detroit, war entsetzt über ihre Heiterkeit. Sie waren natürlich betrunken, und der Mann, den sie angestochen hatten, war nicht tot. Mace nahm mich am Abend beiseite und warnte mich vor Rednecks. »Die sind alle nicht richtig im Kopf«, sagte er. Er schloß Briggs und Edwards mit ein. Er hatte eine Theorie darüber. »Das kommt von der verdammten Schafefickerei«, versicherte er mir.

Darüber weiß ich etwas. Einmal kamen abends in Toul französische Polizisten zu unserem Polizeiposten, und nach einigem Herumgedruckse platzten sie schließlich damit heraus, daß sie einen amerikanischen Soldaten erwischt hatten, wie er die Schafe eines Bauern fickte. Als ich zur Kaserne zurückkehrte und den Kartenspielern berichtete, was passiert war, taten sie alle erstaunt über mein Erstaunen. Fickten wir denn keine Tiere in der Stadt?

Wir machen uns fertig für die Weihnachtsfeier der Polen. Briggs und ich waren in Uniform, weil wir Dienst hatten, Mace und Williams in Zivil. Edwards war freiwillig am Funkgerät geblieben, weil er nicht trinkt. Er mag Pepsi Cola, aber hier gibt es nur Coke. Er war ganz unglücklich darüber. Seine Freundin aus South Carolina schickte ihm ein Paket mit zwei Flaschen Pepsi. Die eine lief über dem Atlantik aus, so blieb ihm noch die andere. Er wollte sie an Weihnachten trinken, aber heute morgen entdeckte er, daß sie aus seinem Spind verschwunden war. Mace hatte sie versteckt. Wir sahen zu, wie Edwards danach suchte, sogar unter Kissen und Matratze. Am Ende kam er richtig sauer zu uns und sagte: »Jetzt sagt mal, wo ist meine Pepsi?« Wir sagten ihm, er sei wohl nicht ganz dicht. Wir wüßten nicht, über was zum Teufel er redete! Und im übrigen pfiffen wir auf seine Pepsi.

Der arme Edwards saß auf seinem Bett und heulte fast. Er saß und saß und wollte nicht einmal frühstücken, so niedergeschmettert war er. Wir mußten aufs Klo gehen, um zu lachen. Als wir ihm schließlich die Flasche zurückgaben, zeigte er ein knappes Lächeln, bis ihn Mace fragte, ob er nicht uns allen zu Weihnachten ein Schlückchen davon geben wolle. Hahaha! Wir sagten ihm, daß wir bloß scherzten, und er war wieder glücklich.

Die Weihnachtsfeier der Polen war grauenhaft. Weil ich selber Slawe bin, wurde ich neben den Hauptmann gesetzt, der mir ständig ausgesuchte Stücke auftat. Sie hatten alle Arten Räucherfisch, Pâté, Wurst, Brot, eingelegtes Zeug und Kästen und Kisten mit Wodka und Champagner. Wir waren ungefähr dreißig an dem langen Tisch, und jeder hatte vor sich eine eigene Flasche und zwei große Gläser, die nach jedem Toast neu gefüllt werden mußten. Stehend tranken wir auf die vielen Schönheiten Polens und seiner Frauen. Wir schluckten den Wodka und schlürften Champagner. Nach zehn Minuten war ich blau wie alle andern auch. Das Tempo war selbstmörderisch. Der Gedanke dahinter war offenbar, sich so schnell wie möglich um den Verstand zu bringen. So etwas hatte ich nie erlebt. Briggs und ich mußten die Fahne vor dem Headquarter zur Dämmerung einholen, und Dämmerung war gleich nach dem Mittagessen. Wir konnten kaum stehen. Als wir die Fahne auf die vorgeschriebene militärische Art zusammenlegten, fiel sie uns in den Dreck. Stars and Stripes im Dreck! Betrunken im Dienst! Man kommt schon für weniger vors Kriegsgericht.

Zum Glück sah uns niemand. Wir schafften es, sie aufzuheben und irgendwie den Dreck abzubürsten. Dann gingen wir zu Bett. An dem Abend wollten wir nicht mehr auf Streife.

Ich fuhr für drei Tage nach Straßburg, landete aber in Paris. Das kam so: Ich hatte dienstfrei und dachte mir, warum nicht die berühmte Kathedrale anschauen und all das gute Elsässer Essen probieren! Ich nahm den Zug, kam am frühen Nachmittag in Straßburg an, fand ein Hotel gleich am Bahnhof und ging die Kathedrale besichtigen. Es war großartig. Auch wenn man sich nicht für Gotik begeistert und man die Kirche als Institution haßt, ist der ästhetische Effekt enorm.

Dann ging ich durch die Straßen, bis es Zeit wurde fürs Abendessen. Das Wetter war trübe mit leichtem Schneefall, und die Frauen waren so eingepackt, daß man nicht sehen konnte, wie sie aussahen. Ich nahm ein gewaltiges Essen mit Sauerkraut und zwei Flaschen vom besten Riesling zu mir und ging dann ins Kino, in *Schwarzer Orpheus*. Ich hatte den Film vorher schon zweimal in New York gesehen, aber sonst wurde nichts Interessantes gezeigt.

Der Film war kurz vor elf zu Ende, und ich ging gleich ins Hotel, zog mich aus, hüpfte ins Bett und machte das Licht aus. Bevor ich einschlief, fragte ich mich: Was in aller Welt mache ich noch zwei Tage in Straßburg? Dann fiel mir ein, daß in zehn Minuten ein Zug nach Paris ging. Mit einem Mal war ich hellwach. Ich brauchte fünf Minuten, um mich wieder anzuziehen, den Nachtportier mit meiner eiligen Abreise zu überraschen und über den leeren Platz zum Bahnhof zu laufen.

Es waren nicht viele Leute da. Ich kaufte eine Schlafwagenkarte, und als ich auf den Bahnsteig trat, fuhr der Zug gerade ein, die Abteile dunkel und Schnee auf den Waggondächern. Ein echter Midnight-Train. Ich wurde zu meinem Abteil geleitet, wo das Bett schon gemacht war. Es war wie im Traum: zur Hälfte lag ich noch im Hotel unter die Daunendecke gekuschelt, zur anderen Hälfte zog ich mich hier noch einmal aus. Niemand auf der Welt weiß, wo ich jetzt bin, kam es mir in den Sinn. Nicht einmal mein Schicksal. Ich war aus meinem Leben getreten wie diese Leute, von denen man in der Zeitung liest, daß sie spurlos verschwinden, nachdem sie gesagt haben, sie wollten bloß um die Ecke eine Schachtel Zigaretten kaufen gehen. Ich lag da in stundenlanger Begeisterung. Warum nicht noch einen Zug nehmen von Paris nach Madrid? Mich erfüllte ein enormes Freiheitsgefühl und Wohlbefinden, dann wurde ich köstlich müde, und der Zug schien nie zu halten.

Es gibt nicht viel zu tun in Paris um sechs Uhr morgens, außer in einem zugigen Café zu sitzen, Kaffee zu nippen und Zeitung zu lesen. Weil es viel zu früh war, um die Freunde anzurufen, bei denen ich sonst wohnte, ging ich von der Gare de l'Est zu den Grands Boulevards. Der Morgen war so kalt, daß ich schnell ging. Irgendwann ergriff mich ein Verlangen nach Spiegelei und Speck. Ich hatte nie jemanden so etwas in einem französischen Café essen gesehen, aber beim nächsten fragte ich den Kellner, ob es möglich sei. Er musterte mich, als sei ich gestört. Um ihn zu beruhigen, aß ich vier Brioches.

In den Seitenstraßen des Boulevard Bonne Nouvelle waren Bistros geöffnet, in denen Arbeiter am Tresen standen und Rotwein tranken. Nach einigem Zögern betrat ich eins und bestellte ein Glas, von allen beobachtet. Sie sahen, daß ich fremd war, aber nicht, woher. Ich war nicht der Typ, der morgens um sieben Rotwein trinkt. Nach zwei Gläsern fühlte ich mich großartig. Wieder empfand ich dies Gefühl von Freiheit und Abenteuer. Heute will ich alles anders machen, schwor ich mir. Ich werde Dinge tun, zu denen ich nie den Mut hatte, zum Beispiel mit dem Taxi zur Rue Saint-Denis fahren und eine Hure aufgabeln. Unterdessen wurde die Straße geschäftiger. Es gab Leute zu beobachten. Ich trank mein drittes Glas Wein und hatte nicht die Absicht zu gehen.

Es ist immer dasselbe. Am letzten Abend in Paris gab es irgendwo eine riesige Party, und der letzte Zug nach Lunéville fuhr um Viertel nach zwölf. Wenn ich nicht diesen Zug nahm und um 6 Uhr früh am Posten war, hatte ich mich offiziell unerlaubt vom Dienst entfernt. Meine Gruppe würde mich eine Zeitlang decken, aber es könnte etwas in meiner Abwesenheit vorfallen, dessentwegen Offiziere vom Hauptquartier in Toul kämen.

Also sah ich an dem Abend unentwegt auf die Uhr. Um elf redete ich mit einem schönen Mädchen, das sich für mich interessierte. Sie hatte alle Zeit der Welt, während ich hin und her gerissen war, ob ich den Zug sausenlassen sollte. Aber das mache ich nie. In der allerletzten Minute ging ich. Das war ich, der den leeren Bahnsteig entlangläuft und sich vom Schaffner in den fahrenden Zug helfen läßt.

Diesmal fuhr ich zweiter Klasse in einem Abteil voll schnarchender französischer Soldaten, die nach Wein stanken. Ich versuchte einzuschlafen, aber ich mußte ständig an die Party und das Mädchen denken. Ich hätte bleiben sollen, dachte ich. Einmal habe ich mich unerlaubt vom Dienst nach Paris entfernt – nicht wegen eines Mädchens, sondern wegen eines Konzerts mit schwarzer Gospelmusik. Das war, als ich in Toul stationiert war. Ich ging am Samstag nachmittag meinen Paß abholen, um festzustellen, daß er eingezogen war. Mein Bett war beim Morgendurchgang nicht ordentlich gemacht gewesen, und dafür wurde ich bestraft. Ich beschloß, trotzdem zu gehen. Zum Teufel mit denen. Ich hatte allen Grund zur Annahme, daß niemand nach mir fragen würde, und meinen Kumpels am Tor wäre es egal. Es war ein toller Abend. Aber ich machte mir große Sorgen bei der Rückfahrt im Zwölfuhrzug und schlief kein bißchen. Auf dieser Fahrt war ich wach vor Liebeskummer und hatte Angst, ich könnte meinen Halt verschlafen.

Dafür wäre ich fast erfroren. Ich stieg aus dem Personenzug in St. Clément, nachdem ich in Lunéville vom Schnellzug umgestiegen war, und ging zu Fuß zur Kaserne. Es sind wenige Kilometer bergauf, das Wetter war bitter kalt und der Wind wie eine Peitsche. Ich trug nur einen Regenmantel mit einer Sportjacke ohne Pullover. An den Füßen hatte ich leichte italienische Schuhe. Bald wurden meine Füße taub. Ich ging wie auf Luft. »Geh schneller«, sagte ich mir. Je höher ich kam, desto schneidender wurde der Wind. Ich spürte jede Rippe, jeden Knochen im Leib. Und dann nichts mehr. Zum einen wollte ich mich setzen und ausruhen, zum anderen begriff ich die Gefahr. Dann sah ich die Tore des Standorts und die polnische Wache, die herausgekommen war, um zu sehen, wer so früh zu Fuß erschien. Als er sah, was los war, lief er zurück ins Wächterhaus und holte seine Thermosflasche. Als kluger Pole hatte er Wodka darin. Ich nahm einen großen

Schluck und noch einen gleich auf der Straße. Er führte mich an der Hand in seine warme Bude, wo ich weitertrank. Der alte Mann freute sich, daß er helfen konnte, und nötigte mich, noch mehr zu trinken. Ich wurde nicht einmal betrunken. Schließlich ging ich den Rest des Wegs, traf alle schlafend an und legte mich selber auch ins Bett.

In den sieben Monaten, die ich in Toul und Lunéville verbracht habe, habe ich kein Mädchen kennengelernt. Ich redete zwar mit Polizisten, Huren, Cafébesitzern, Kellnern und ähnlichen Leuten, aber weiter ging es nicht. Es war unmöglich, Mädchen meines Alters kennenzulernen. Gelegentlich lief ich einer über den Weg und versuchte, ein Gespräch anzuknüpfen. Sie antworten kurz, höflich und argwöhnisch, und ich hatte den Eindruck, sie seien gewarnt worden: Wenn ich dich erwische, wie du mit einem Amerikaner sprichst, bring ich dich um. Wer kann es ihnen vorwerfen?

Einmal tauchte in Nancy eine Familie in unserem innerstädtischen MP-Büro auf – Vater, Mutter und die minderjährige Tochter mit einem sichtbaren Bauch – und erkundigte sich nach einem bestimmten Corporal. Wir telefonierten herum und erfuhren, daß der Junge entlassen war und irgendwo in Oregon lebte. Alle drei ließen die Köpfe hängen und standen eine Weile da und wußten nicht, was sie als nächstens sagen oder tun sollten. Sie hatten keine Ahnung, wo Oregon lag. Schließlich schlichen sie ohne einen Laut hinaus.

Ein neuer Standortkommandeur. Er drang ohne Ankündigung in unsere Unterkünfte ein, während wir noch in den Betten faulenzten. Es war fast Mittag. Ihm gingen die Augen über, als er das Durcheinander sah. Weil mein Bett der Tür am nächsten stand, fing er bei mir mit dem Herunterputzen an. Sind Sie eine Art Primadonna, kreischte er immer wieder schrill und bohrte seinen Fuß in die schmutzige Wäsche am Boden. Ich hängte nie etwas von meiner Kleidung auf und die anderen auch nicht. In meinem Spind, wo vorschriftsmäßig mein Gerödel sein sollte, lagerte ich Weinflaschen. Die anderen Jungs hatten Bier. Das Ende war, daß er in drei Stunden zurück sein würde und der Ort so sauber sein sollte, daß er vom Boden essen könne, oder wir bekämen große Schwierigkeiten.

Na, wir rissen uns den Arsch nicht auf. Wir stopften das meiste von unseren Sachen in Wäschesäcke und legten sie draußen in unsere Jeeps. Als er zurückkam, waren nur noch ganz wenige Dinge, säuberlich angeordnet, in unseren Spinden zu sehen. Er stutzte, aber ihm fiel nichts dazu ein. Außerdem mußten wir noch über die allgemeine Ordnung sprechen. Wir übertrieben unsere Probleme – die ständigen Messerstechereien, so viele Schwule im Umlauf und so weiter. Da saßen wir schon im Posten und entspannten uns ein bißchen mit dem ältlichen Oberst. Mit einem Mal stieß er einen Schrei aus! Wir dachten, jetzt stehen die Russen vor der Tür, und sahen in die Richtung, in die er wies, aber dort war nichts. Nur der Gefreite Williams trank Wasser aus der Leitung.

»Er trinkt französisches Wasser«, brüllte der Oberst.

Ja und? Wir trinken die ganze Zeit französisches Wasser, und es schmeckt wirklich gut. Würde er gern ein Glas probieren?

Er traute seinen Ohren nicht! Die gesamte United States Army könnte lahmgelegt werden! Was für eine Verantwortungslosigkeit! Am Ende greifen die Kommunisten an und lösen den Dritten Weltkrieg aus, und die amerikanische Armee sitzt auf der Latrine mit Durchfall! Dem würde er aber auf der Stelle ein Ende setzen.

Er ging ans Telefon, verkündete eine nationale Notlage und befahl jemandem, uns amerikanisches Wasser zu bringen. Sie sollten einen ganzen Tanker des besten amerikanischen Wassers bringen und es für unseren ausschließlichen Gebrauch in die Garage stellen. Wann immer wir Durst hätten, gleich raus und den Zapfhahn aufdrehen. So würden wir sicher sein, die Armee würde sicher sein, die westlichen Demokratien würden sicher sein.

Als er hinausging, sahen wir einander ungläubig an. Unter den Offizieren trifft man eine Menge Dussel, aber dieser Knabe stach sie alle aus. Paßt nur auf, sagte Mace, das ist noch nicht das Ende. Es gibt noch viel mehr verrückte Ideen, dies war nur eine.

Der Tanker mit amerikanischem Wasser traf ein. Wir tranken alle ein Glas, um zu schmecken, ob es einen Unterschied gab. Uns fiel nichts dergleichen auf. Vermutlich war es französisches Wasser, das jemand als amerikanisches ausgab. Es mußte ein Schwindel dabei sein – aber lieber das als den Gedanken, sie schickten Schiffe mit Wasser aus Jersey über den Atlantik.

Die Polen kamen und fragten uns nach unserer Meinung über den neuen Oberst. Er ist ein wilder Irrer, sagten wir ihnen. Sie waren froh. Offenbar hatte er sich bei ihrem Kommandeur beschwert, daß die Schuhe der Wachen nicht glänzten wie Spiegel. Das waren aber fünfzigjährige übergewichtige Säufer, die Stalin 1939 nach Sibirien geschickt und die General Andrews 1944 gerettet und über Persien und Ägypten in die Schlacht um Italien geführt hatte; jetzt verlangte ein amerikanischer Oberst, daß sie ihre Abende mit dem Putzen von Schuhen und Koppeln verbrächten! Und außerdem war es draußen verregnet und schlammig.

Ich kaufte in einer Buchhandlung in Lunéville eine Gedichtsammlung, *Le Livre d'Or de la Poésie française.* Die sauertöpfische Alte, der der Laden gehörte, war überrascht, daß ein Militärpolizist so ein Buch kaufte. Sie sah mich prüfend an, während sie mir, argwöhnisch und verwirrt, das Wechselgeld gab. Das machte mir ungeheuer Spaß. Ich lieferte meine beste Imitation von Lässigkeit, als ich langsam hinausging und in den Jeep stieg.

Damals war Cendrars für mich das Richtige. In der Anthologie wurde er dargestellt als »großer Reisender«, der mit sechzehn die Schule verließ, »um durch die Welt zu ziehen«. Ich war begeistert von seinem »Ostern in New York« und seiner »Transsibirischen Prosa«:

Ich wuchs heran zu dieser Zeit.
Kaum sechzehn und wußte schon nichts mehr von Kindheit.
Ich war sechzehntausend Meilen weg, vom Geburtsort befreit.

Wenn du nicht achtgibst, Simic, sagte ich mir, wirst du dich zurückentwickeln vom Supermodernen zum Vollblutromantiker!

So ist es. Ein bißchen sentimental bin ich. Zum Beispiel hatte ich eine große Schwäche für die französischen Volkssänger der Vorkriegszeit: Frehel, Piaf, Lucienne Delyle, Lucienne Boyer. Sie ließen mich in Selbstmitleid schwelgen, stärkten meine Absicht, Fahnenflucht zu begehen und den Rest meines Lebens versteckt in einer Marseiller Spelunke zu verbringen, mit einer Zigarette im Mundwinkel einem Blinden Akkordeonspieler lauschend. Ich konnte mir ein Dutzend möglicher Leben vorstellen, eins herzzerreißender als das andere. Beim Hören dieser Lieder wollte ich Barkeeper dieser Spelunke sein, verliebt in eine Straßenhure, die kokainsüchtig war und ein Herz aus Gold hatte.

Derweil sagten mir meine Kumpel, daß ich bei der Polizei eine tolle Zukunft hätte. Die New Yorker Polizei würde mich dank meinem Training und meiner großen Erfahrung mit offenen Armen empfangen. Ich würde wie ein König leben, mit Schmiergeldern von allen Seiten, und nach zwanzig Jahren nach Florida in Pension gehen. Sie begriffen nicht, daß ich mich als einen Gescheiterten im Sinne dieser französischen Lieder sah, die ich hörte. Ich würde den Rest meines Lebens in einem schäbigen Hotel hinter Place Blanche verbringen, wo ich unter dem Bett eine Flasche billigen Rotwein stehen hätte.

Inzwischen blicke ich liebevoll auf die Zeit in Chicago zurück. Wäre ich wie alle anderen ins College gegangen, wäre ich bei meinen Eltern zu Hause geblieben, wäre ich wohl nicht geworden, was ich bin. Weil ich allein war, mußte ich mein Leben vor mir selbst rechtfertigen. Es war klar, daß ich es im Leben nicht auf normale Weise zu etwas bringen würde, also schrieb und malte ich.

Sonst hatte ich keine Vorstellung, was aus mir werden sollte. Bisher hatte mich das Leben gelehrt, daß es Zeitverschwendung ist, Pläne zu machen. Mein Vater pflegte mich im Spaß zu fragen: »Wohin wandern wir als nächstes aus?« Alles war möglich in diesem Jahrhundert. Das große Experiment lief weiter. Leute wie er und ich waren die Versuchstiere. Merkwürdig war nur, daß eine dieser Ratten Gedichte schrieb.

VI

Morgens lese ich Philosophie. Als ich jünger war und in der Stadt lebte, las ich nachts. »So hast du dir die Augen ruiniert«, sagte meine Mutter. Ich saß und las bis spät in die Nacht. Je stiller es wurde, desto klarsichtiger wurde ich – oder es kam mir so vor. In dem sparsam möblierten Zimmer über dem italienischen Lebensmittelladen schlug ich mich mit manch verwickeltem erkenntnistheoretischem Gedankengang herum, der für den Schluß eine großartige Erkenntnis verhieß. Ich konnte es gewissermaßen riechen. Ich konnte das Buch nicht fortlegen, und es wurde sehr spät. Morgens mußte ich zur Arbeit. Wenn ich zu schlafen versuchte, war mein Kopf voll Immanuel Kant. Also schlief ich nicht. Ich erinnere mich gut an solche Augenblicke der Entscheidung: die große Stadt, die mit einem Mal still geworden war, das aufgeschlagene Buch und in der dunklen Fensterscheibe schwach gespiegelt mein Gesicht.

In solchen Stunden glaubte ich, alles zu begreifen. Ich war zwanzig, als mir das zum ersten Mal passierte. Es war sechs Uhr früh im Winter. Es war dunkel und eiskalt. Auf dem Weg zur Arbeit saß ich in einem Chicagoer Vorortzug zwischen zwei dick eingepackten

Frauen. Der Zug war überheizt, doch jedesmal, wenn jemand die Tür zu einem der Gangkorridore öffnete, ließ uns ein Stoß kalter Luft erzittern. Auch die Lichter flackerten ständig. Als der Zug das Gleis wechselte, ging das Licht aus, und ich hörte auf, in der Geschichte der Philosophie zu lesen, die ich am Vortag in der Bücherei entliehen hatte. »Warum gibt es eher etwas als nichts?« fragte das Buch mit einem Zitat des Parmenides. Als ich die Augen wieder aufmachte, konnte ich nicht aufhören, die anderen Fahrgäste anzusehen. Wie unglaublich, dachte ich, hierzusein, existent.

Ich träume immer wieder von der Straße, in der ich zur Welt kam. Es ist stets Nacht. Ich gehe an entfernt bekannten Gebäuden vorbei und suche unser Haus, aber irgendwie ist es nicht da. Ich gehe meinen Weg an dem kleinen Häuserblock von wenigen Gebäuden wieder zurück, die alle an ihrem Platz sind, bis auf das, das ich suche. Die Mühe macht mich erschöpft und traurig.

In einer anderen Fassung desselben Traums erhasche ich einen kurzen Blick auf unser Haus. Da ist es endlich, aber aus irgendeinem Grund ist es mir nicht möglich, näher hinzukommen. Kein Licht. Ich sehe nach unserem Fenster, aber der zweite Stock ist noch dunkler. Das ganze Haus sieht verlassen aus. »Es ist nicht möglich«, sage ich mir selbst.

Einmal sah ich in einem dieser Träume jemanden an meinem Fenster, vornübergebeugt gründlich die Straße beobachtend. So pflegte meine Großmutter bis spät in die Nacht auf unsere Heimkehr warten, nur daß dies ein Fremder war. Meistens ist in dem Traum aber niemand zu sehen. Die Fassaden der Gebäude tragen noch die Pockennarben und andere Spuren des Kriegs. Die

Straßenlampen sind aus, und es ist kein Mond am Himmel, so daß mir nicht klar ist, wie ich bei völliger Dunkelheit all das sehen kann.

Einmal, spätabends, der Halbmond stand hoch über der Markuskirche, packte ich mich an den Eiern, als mir ein Geistlicher begegnete. Das war in Belgrad, ich war zwölf. Ich hüpfte sorglos vor mich hin, als er um die Ecke bog. Er erwartete, daß ich ihn grüßen würde, wohlwollend neigte er schon das Haupt, als ich tat, was mir meine Freunde bei der Begegnung mit einem Priester geraten hatten zu tun. Einen Augenblick lang stand er da in seiner Soutane und wurde wütend. Dann durfte ich überrascht sein. Dick, wie er war, rannte er mit ungeheurem Tempo hinter mir her, fuchtelte mit den Armen und schrie: »Du kleiner Schmutzfink! Du Hurensöhnchen!« Seine Flüche machten mir mehr angst als die Verfolgungsjagd. Ich rannte, ohne mich umzusehen.

Zu Hause erwarteten mich die Fotografien meiner Urgroßväter und Onkel an den Wohnzimmerwänden. Von der Seite meiner Mutter hatte ich einige Priester und einen Bischof als Vorfahren. Auf keinem Steckbrief habe ich eine üblere Sammlung von Visagen gesehen. Sie hatten dicke schwarze und weiße Bärte, die sogar zur Seite wuchsen. Ihre Augen standen vor. Der Fotograf muß sie angewiesen haben, sich nicht zu rühren, und sie hatten gehorcht. Während der langen Belichtungszeit krabbelten Fliegen in ihren Ohren herum. Ihre Nasen juckten fürchterlich. An diesem Abend folgten mir ihre Blicke mit ungewohntem Grimm. Sie wußten alle, was ich getan hatte.

Am übelsten sah der Vater meines Großvaters aus. Es war allgemein bekannt, daß seine Kinder ihn haßten. Wenn mein Großvater bei uns war, duldete er nicht die leiseste Erwähnung von Priestern oder Religion. Als meine Großmutter starb, setzte er die Familie in Kenntnis, daß kein Priester in der Beisetzungskapelle oder am Grab seines Amtes walten würde. Ein Skandal, flüsterten die Leute. Jeder bekreuzigte sich beim bloßen Gedanken daran. Ein paar Tanten beschlossen, seine Wünsche zu mißachten. Der Priester sollte am Grab erscheinen, wenn der Sarg hinabgelassen würde, und mein Großvater, dachten sie, wäre von Leid und Kummer zu überwältigt, um etwas gegen ein kurzes Gebet einzuwenden.

Es kam aber anders. Als die Totengräber gerade mit den Seilen herummachten und die Familie und Freunde mit gesenkten Häuptern dastanden, tauchte der Priester in seiner Soutane auf, ein Gebetbuch in der Hand, segnete uns schon und murmelte ein Gebet. Zum allgemeinen Erstaunen stürzte sich der alte Brummbär auf ihn. Bevor wir begriffen, was geschah, hatte Großvater den Priester beim Genick gepackt und führte ihn vom Grab weg. Als reiche das nicht, lief eine meiner Tanten heulend hinter den beiden her, griff die Rockschöße meines Großvaters und fing an, ihn zurückzuziehen. Sie hatte Kraft für zehn und er genauso! Ein Hauch von Krieg mit viel Geschrei. Der alte Mann versuchte, die Tante zu treten, ohne sich umzudrehen und den Priester loszulassen. Leider drängte meine Mutter mich und meinen Bruder von der Szene weg, bevor wir mehr sehen und hören konnten.

Wenn Sie jemanden aus meiner Familie gefragt hätten, ob es Gott gibt, hätte er Sie verdutzt angesehen. Natürlich gibt es ihn, hätte er geantwortet. In der Praxis bedeutete das, die Kirche zu Taufen, Hochzeiten und Beisetzungen aufzusuchen. Ehrliche Atheisten erwähnen Glaube und Gott vermutlich häufiger, als es meine Mutter je getan hat. Bei meinem Vater war es anders. Ihm machte es nichts aus, Kirchen zu betreten. Russische Kirchen, Kirchen der Schwarzen, alte italienische Kirchen, nüchterne Kirchen in New England, byzantinische Kirchen, alles, was es zu bewundern gab. Dasselbe trifft auf mich zu. Er mochte den Pomp und die Musik, aber noch lieber war ihm eine leere Kirche. Ein paarmal sah ich ihn auf die Knie sinken, um zu beten. Für organisierten Glauben und jede andere Überzeugung, die dessen Platz einnehmen wollte, hatte er nichts übrig. Für ihn waren Kommunismus und Faschismus Auswüchse des Christentums. »Diese ganze Orthodoxie, Fanatismus, Tugend auf Befehl«, klagte er. Sie alle waren Feinde des Individuums und verbreiteten Intoleranz und Konformität. Er hatte ernsthaftes philosophisches Interesse an Islam, Buddhismus, Hinduismus und Christentum, aber kein Bedürfnis, an irgendeiner Versammlung der Gläubigen teilzunehmen. Glaube an Gott war für ihn eine Privatangelegenheit wie Sex. Wenn, wie ich, einer an gar nichts glaubte, was ich ihm oft sagte, war das auch in Ordnung.

»Jetzt komm schon«, zog sie mich am Arm, »laß uns gehen! Das sind doch bloß Trottel.« Aber ich mußte mir die Straßenprediger genauer ansehen.

Am Rand einer großen samstagabendlichen Menge drückte sich eine junge Frau mit dicker Brille eine Bibel ans Herz; ein pferdegesichtiger Typ neben ihr zupfte an einer verstimmten Gitarre. Sie predigten und sangen Loblieder, daß es die Sau grauste. »Sweet Jesus«, brüllten sie und versuchten, eine Ambulanz zu übertönen, die irgendwo erbärmlich jaulte in der dunklen Stadt hinter den hellerleuchteten Kinos und billigen Spielhallen rings um uns.

Teufel! Ich war tief gerührt.

»Gib mir zwei Flügel davonzufliegen!«

Jeder weiß, wie gottergeben Amerika ist. Es ist unmöglich, ein amerikanischer Schriftsteller zu sein, ohne das zu berücksichtigen.

Früh an einem Frühlingsmorgen, kurz nach Tagesanbruch, fahre ich durch West Virginia und höre Radio. Jemand spielt verkratzte alte Platten mit schwarzen Gospelsongs. Der Sender ist mal kaum zu hören und mal deutlich, das Auto saust die leere Straße entlang, und ich frage mich, wer die Platten zu dieser ungewohnten Uhrzeit so gut aussucht. Bei allem Vergnügen, das mir der Gesang bereitet, wird mir plötzlich klar: Die meinen jedes Wort, das sie sagen. Jedes Wort! Sie singen so schön und so wild, weil sie glauben, der Herr sei jetzt und hier mit ihnen!

Für mich war immer klar, daß wir allein sind in der Welt. Ich liebe Metaphysik und ihre Spekulationen, aber in meinem Innersten hege ich den Verdacht, daß wir damit nur unsere Angst überdecken wollen, wie kleine Jungs, die im Dunkeln pfeifen. Und doch kommen mir jedesmal Tränen, wenn ich schöne Kirchenmusik höre. Das menschliche Herz ist niemals so rein gewesen, glaube ich. Vielleicht kann Gott nur von denen erfahren werden, die gemeinsam singen? Der Gott, der zu den einzelnen Menschen kommt oder nicht kommt, ist ein anderer.

»Ohne dies Geheimnis, das unverständlichste von allen, sind wir uns selber unverständlich«, sagt Pascal in anderem Zusammenhang. Sing und schrei, Hochwürden! ist mein Ratschlag. Mach den kleinen Tänzelschritt, während hinter dir der Chor sich hin und her wiegt und die Tamburine schlägt und die alte Dame am Klavier und das dürre Kind an der E-Gitarre einander aufmunternd zunicken. Es gibt keinen Zweifel: »Außer Musik ist alles Lüge«, wie Cioran sagt.

Eines Tages habe ich mir schließlich eingestanden, daß ich hoffnungslos abergläubisch bin. Du glaubst nicht an Gott, sagte ich mir, wie kannst du dann an Unglück glauben? Ich weiß darauf keine Antwort. Bestimmen wir unser Geschick, oder bildet es sich unabhängig von uns? Wenigstens wußte Calvin, wer unser Schicksal lenkte; ich nicht.

Vor vielen Jahren nahm mich Vasko Popa mit zu einem Besuch des Nonnenklosters Mesic in der Nähe seiner Heimatstadt Vršac an der jugoslawisch-rumänischen Grenze. Wir aßen im Haus eines jungen Dichters lange zu Mittag und brachen erst um fünf Uhr nachmittags auf. Ich erinnere nicht viel von der Fahrt, da wir viel redeten, einander mit Geschichten und Scherzen unterbrachen, aber mit einem Mal war da am Ende eines Feldwegs eine hohe Mauer und ein geschlossenes Eisentor. Wir ließen das Auto am Tor und drückten es gerade weit genug auf, um hindurchzuschlüpfen. Was wir drinnen vorfanden, war ein regelrechter Dschungel, als sei das Gras den ganzen Sommer über nicht gemäht worden, und die Bäume waren in den Jahren wild gewachsen, ohne zugeschnitten und ausgedünnt zu werden. Wir folgten dem, was einmal ein Weg gewesen und nun ein schmaler Pfad war, in der Dämmerstille, die vereinzelt vom Laut eines Vogels oder einer Grille unterbrochen wurde. Wir redeten nicht. Nach ungefähr einer Meile sahen wir zwischen den Bäumen mehrere große Gebäude und eine kleine byzantinische Kirche. Wir gingen zum größten der Häuser, klopften, öffneten die Tür, spähten hinein und riefen sogar unsere Namen, doch nur Schweigen drang zu unserer Begrüßung heraus. Es war so still, daß wir nur leise auftraten. Wir gingen auf Zehenspitzen zum nächsten Haus. Durch die offenstehende Tür konnten wir sechs Nonnen sehen, die mit gesenkten Häuptern im Kreis saßen. Vasko kannte den Namen der Äbtissin und rief laut nach ihr. Sie sprang auf, und die Nonnen folgten ihr voll Freude, ihn zu sehen. Von der Äbtissin, die sehr alt war, hatte mir Vasko erzählt, daß sie in ihrer Jugend diensttuende Hofdame am königlichen Hof gewesen und ungewöhnlich gebildet war. Vasko schickte ihr französische Bücher. Sie las gerade Camus und wollte mit uns sofort darüber sprechen.

Wir wurden dann von der Äbtissin und einer großen, dürren jungen Nonne herumgeführt. Wir besichtigten die Kirche, die restauriert wurde, um ein paar überraschend fein gearbeitete Fresken zu betrachten, und stiegen dann, aus Rücksicht auf das Alter der Äbtissin, langsam zu dem kleinen Friedhof oberhalb der Kirche auf. Die Sonne war soeben untergegangen. »Bald werde ich hier ruhen«, sagte uns die Äbtissin lachend. Und wir lächelten zur Antwort. Man konnte auf die Aussicht beinah neidisch sein.

Schließlich wurden wir zurück zu dem großen Haus geführt, zu dem wir als erstes gegangen waren. Dies sei, hörten wir, eine der vielen Sommerresidenzen des hiesigen Bischofs. Er war in den vergangenen dreißig Jahren nicht mehr hiergewesen, doch alles wurde für seine Ankunft bereitgehalten. Wir saßen mit der Äbtissin und der dürren Nonne in einem großen Wohnzimmer und tranken Branntwein, während wir von früheren Bischöfen auf nachgedunkelten Gemälden streng gemustert wurden. Nur eine Tischlampe brannte. Vasko und die Äbtissin redeten, und dann trat plötzlich vollkommenes Schweigen ein. Hier war der Friede einer Welt jenseits der Zeit, von der Art, die man manchmal in Märchenillustrationen findet, wo ein einsames Kind zu sehen ist, das einen dunklen Wald von riesigen Bäumen betritt.

Nach einer Weile lauschte ich nur dem Schweigen, das tiefer wurde, der Nacht, die weiterhin den Atem anhielt.

»Jedes Gedicht, ob bewußt oder nicht, ist an Gott gerichtet«, sagte mir vor langer Zeit der Dichter Frank Samperi. Ich erinnere mich, daß ich überrascht war, widersprach, verschiedene gräßliche zeitgenössische Gedichte anführte … Wir sortierten Abo-Karten im Lagerraum einer Fotozeitschrift und führten lange philosophische Gespräche über die Dichtung. Frank hatte viel Dante gelesen, also dachte ich mir: Deshalb! Er ist dem Italien des 14. Jahrhunderts verhaftet.

Heute glaube ich, daß er recht hatte. Es macht nicht den mindesten Unterschied, ob Götter und Teufel existieren oder nicht.

Es gibt ein osteuropäisches Volkslied von einem Mädchen, das einen Apfel höher und höher in die Luft warf, bis sie ihn so hoch warf wie die Wolken. Zu ihrer Überraschung kam der Apfel nicht wieder herunter. Die Wolke nahm ihn sich. Sie wartete mit ausgestrecktem Arm, aber der Apfel blieb oben. Ihr blieb nichts, als die Wolke zu bitten, ihr den Apfel zurückzugeben, aber das ist eine andere Geschichte. Ich mochte den ersten Teil, in dem das Unmögliche geschieht.

Ich erinnere mich, in einem Graben zu liegen und ein paar Kiesel zu betrachten, während über uns hinweg deutsche Bomber flogen. Das ist lang her. Ich erinnere mich nicht an das Gesicht meiner Mutter und auch nicht an die der Leute, die mit uns waren, aber ich sehe noch immer diese vollkommen normalen Kieselsteine.

»Es geht nicht darum, *wie* die Dinge in der mystischen Welt sind, sondern darum, daß es sie gibt«, sagt Wittgenstein. Ich hatte ein Gefühl von großer Klarheit. Die Zeit war stehengeblieben. Ich beobachtete mich, wie ich die Kieselsteine betrachtete und vor Furcht zitterte. Dann ging die Zeit weiter.

Die Kiesel würden immer so bleiben, wie sie waren, dachte ich. Ich meine die Erfahrung erhöhten Bewußtseins. Kann Sprache das ausdrücken? Rede kann das nicht ganz leisten. Wenn es ums Bewußtsein geht, nähert man sich an und redet mangelhaft. Konkurrierende Phänomenologien sind Verarmungen, brillante Dürftigkeiten.

Wittgenstein drückt das so aus: »Was sich in der Sprache spiegelt, kann sie darstellen. Was *sich* in der Sprache ausdrückt, können *wir* nicht durch sie ausdrücken.« Mit Sicherheit meinte er damit nicht dasselbe wie ich jetzt. Später fanden er und seine Anhänger diese frühe Feststellung nicht sehr geglückt, ich aber habe diese Erfahrung öfters gemacht.

Ich kannte jemanden, der mich einmal vom Gegenteil überzeugen wollte. Er betrachtete sich als logischen

Positivisten. Zum Beispiel gibt es Leute, die einem erzählen, daß man von der Dimension, dem Ort, der Erscheinung, dem Bewegungszustand oder der Ruhe eines Stifts sprechen kann, nicht aber von seiner Intelligenz und Musikliebe. Wenn ich so etwas höre, rebelliert in mir der Dichter und ich will ein Gedicht verfassen über einen intelligenten Stift, der verliebt ist in Musik. Anders gesagt unterstelle ich, daß das, was andere als Unfug ansehen, voll ist von unbekannten vorstellbaren Möglichkeiten.

Es gibt eine herrliche Geschichte von Wittgenstein und seinem Kollegen in Cambridge, dem italienischen Wirtschaftswissenschaftler Piero Sraffa. Offenbar diskutierten sie oft über Philosophie. »Eines Tages«, berichtet Justus Hartnack, »als Wittgenstein seine Ansicht vertrat, daß ein Satz dieselbe logische Form hat wie die Tatsache, die er darstellt, machte Sraffa eine Geste, mit denen Neapolitaner Verachtung ausdrücken, und fragte Wittgenstein, was denn die logische Form davon sei? Nach Wittgensteins eigener Erinnerung war es diese Frage, die ihn erkennen ließ, daß seine Ansicht, eine Tatsache könne eine logische Form haben, nicht zu halten war.«

Was meinen logischen Freund angeht, so diskutierten wir die ganze Nacht. »Was nicht gesagt werden kann, kann nicht gedacht werden.« Und dann kam wieder, als ich unbedacht irgendwas über das Schweigen, das die Sprache des Bewußtseins sei, gesagt hatte: »Du schweigst, weil du nichts zu sagen hast.« Es ging so weit, daß wie einander als »dumme Dreckstücke« bezeichneten. Wir tranken große Mengen Rotwein, mißverstanden einander weitgehend und stellten unser Gezanke erst ein, als seine Frau mit wirrem Haar an der

Schlafzimmertür erschien und uns sagte, wir sollten die Klappen halten.

Dann erzählte ich ihm eine Geschichte.

Nach dem Krieg machten wir in Jugoslawien einmal einen Klassenausflug zum städtischen Kriegsmuseum. Am Eingang stand ein zerschossener deutscher Panzer, der uns gefiel. Im Museum konnte man ein paar Gewehre, Handgranaten und Uniformen ansehen, aber sonst nicht viel. Den meisten Raum nahmen Fotografien ein. Die sollten wir ansehen. Man sah Gehängte und Leute, die gehängt wurden; Leute auf ihren Zehenspitzen. Die Henker standen herum und rauchten. Leichenberge überall. Manche waren nackt. Man sah die Geschlechtsteile von Männern und Frauen. Das reizte manches Kind zum Lachen.

Dann sahen wir, wie einem Mann der Kopf abgeschnitten wurde. Der Mörder saß dem Mann auf der Brust, mit einem Messer in der Hand. Es schien ihm Spaß zu machen, fotografiert zu werden. Die Augen des Opfers erinnere ich nicht. Ein paar Männer standen dümmlich daneben. Am Himmel waren Wolken.

Immer waren da Wolken wie auch Grashalme, Baumstümpfe, Büsche und Felsen, die niemand beachtete. Manchmal war der Boden schneebedeckt. Ein elender, zum Zähneklappern kalter Januarmorgen, und einer macht eines anderen Leben noch elender. Oder es regnete. Ein kurzer heftiger Regen, der das Blut sofort von den Händen abwusch und der diesem einen Mörder eine üble Erkältung brachte. Ich stellte ihn mir vor, wie er an demselben Abend mit den Füßen in einem Eimer heißen Wassers sitzt und Tee schlürft.

Das fiel mir erst viel später auf. Jetzt, nachdem wir alles gesehen hatten, was zu sehen war, sollten wir uns vor dem Museum auf den Rasen setzen und zu Mittag essen. Die Kost war mager. Die meisten Kinder hatten Pflaumenmus auf Brotscheiben. Ein paar hatten Schmalz mit Paprikastücken. Ein Junge hatte nichts als Brot und Lauch. Das fanden alle lustig. Jemand warf seine dicke Schwarzbrotscheibe in die Luft, so daß sie in einem Baum hängenblieb. Der arme Kerl versuchte, sie herunterzubekommen, indem er Steine danach warf. Er traf immer daneben. Dann wollte er auf den Baum klettern. Sogar unser Lehrer, der hinzukam, um zu schauen, fand das komisch.

Was das Gras betrifft, davon war reichlich da, jeder Halm für sich und schön geschärft. Es waren auch Wolken am Himmel und viele große Fliegen von der Art, die man bei Schlachthöfen antrifft, die unsere Gedanken und unser Lachen anhielten.

Bei einer Dichterlesung von Allen Tate lernte ich einen jungen Dichter kennen, der einen Workshop besuchte, den Louise Bogan an der New York University gab. Ich kam auch ein paarmal und ging mit meinen neuen Freunden nach dem Unterricht einen heben. Eines Tages zeigte ich Louise Bogan zwei meiner Gedichte. Eins hieß »Roter Sessel«, und es hatte mit einem alten Stuhl zu tun, der für den Sperrmüll an den Straßenrand gestellt war. An das andere Gedicht erinnere ich mich nicht. Bogan war sehr freundlich. Sie rückte ein paar Dinge zurecht, machte mir aber insgesamt Mut, was mich überraschte, da ich selbst von den Gedichten nicht viel hielt.

Ein anderer Kritiker kam später in jenem Herbst,

und was er sagte, war vernichtend. Ich hatte in einer Bar einen Maler kennengelernt, einen älteren Burschen, der ärmlich mit Frau und zwei kleinen Kindern in einer Wohnung ohne Warmwasser im Village wohnte, wo er riesige realistische Schinken von Elendstypen in der Art des sozialistischen Realismus der dreißiger Jahre malte. Ein Wolkenkratzer und darunter ein armer Bettler. Die Botschaft war deutlich, aber die Farben waren schön.

Trotz unseres Altersunterschieds trafen wir uns ziemlich oft und redeten über Kunst und Literatur, bis zu dem Tag, an dem ich ihm meine Gedichte zeigte. Wir saßen in der Küche mit einer Flasche Whiskey zwischen uns. Er lehnte sich im Stuhl zurück und las die Gedichte langsam, langsam, während ich ihn genau beobachtete. Irgendwann bemerkte ich Ärger bei ihm und dann Zorn. Schließlich sah er mich an, als sehe er mich zum ersten Mal, und sagte etwas wie: »Simic, ich dachte, du wärst ein kluger Junge. Dies hier, was du schreibst, ist reine Scheiße!«

Ich war vorbereitet auf sanfte Kritik in der Art von Louise Bogan, wünschte das sogar, doch seine Direktheit verdutzte mich. Ich war wie benommen. Ich war überzeugt, daß er recht hatte. Hätte ich eine Pistole gehabt, hätte ich mich auf der Stelle umgebracht. Dann, weiter grübelnd über das, was er gesagt hatte, ärgerte ich mich immer mehr. Da waren ein paar gute Zeilen in meinen Gedichten, dachte ich. »Scheiß auf ihn!« schrie ich jemanden an, der mir auf der Straße über den Weg lief. Natürlich hatte er auch recht, und es verletzte mich, daß das so war, und trotzdem.

Ich trat aus meiner Benommenheit, als ich gerade im Central Park an der 59th Street ankam. Ich war über sechzig Blocks gegangen, ohne etwas davon wahrzunehmen. Ich saß auf einer Bank und las noch einmal meine Gedichte, strich die meisten Zeilen durch, versuchte hier und da, sie neu zu schreiben, immer noch wütend, immer noch niedergeschlagen und trotz allem grimmig entschlossen.